Diabolo 13

DIE MUTPROBE

PonyClub
Postfach 401609
80716 München

Diabolo 13

DIE MUTPROBE

Gabi Adam

Pony Club

Umschlagfoto: Bob Langrish
Umschlaggestaltung: Stabenfeldt AS

Handlung und Personennamen sind frei erfunden!

*Für
all diejenigen,
die ihre Pferde nicht
für so genannte „Mutproben"
missbrauchen!*

Herausgeber und Verlag:
PonyClub, Stabenfeldt GmbH, München
Redaktion und DTP/Satz:
Stabenfeldt GmbH, München
Printed in Germany 2005
ISBN 3-938308-10-9

Kapitel 1

Es war der zweite Januar, und der Beginn des Jahres versprach für Ricky und ihre Freunde interessant zu werden.

„Mann, Leute, ich bin vor Aufregung richtig von der Rolle, und saukalt ist es obendrein noch“, stellte die vierzehnjährige Ricky fest und trat von einem Fuß auf den anderen, um sich in der beißenden Kälte ein wenig zu erwärmen. Schon seit einer halben Stunde hielt sie den Blick auf die Zufahrtsstraße gerichtet, um ja nicht Caroletta Koszys Ankunft zu verpassen. Schließlich wollte die Besitzerin des Pferde-Gnadenhofes den Transport der gepackten Reisetaschen für das Mädchen und ihre Freunde Lilian Beiter, Kathi Sommer und Marc Magenta übernehmen, denn die vier Freunde würden eine Woche ihrer Weihnachtsferien bei der ehemaligen Kunstreiterin verbringen.

„Ich finde das voll cool, dass sie die Mercy-Ranch ins Leben gerufen hat“, meinte Kathi, deren Pflegepferd Rashid zwar Caroletta gehörte, aber, so wie Lilians Doc Holliday und Marcs Sharazan, in dem Stall der Sulais zu Hause war, damit das Mädchen ihn regelmäßig reiten konnte. Außerdem standen dort noch Rickys Rappwallach Diabolo, sowie Chicco, das Eselchen der Familie Beiter, das sich seine große Box mit der Ponystute Salina teilte, die Caroletta vor nicht allzu langer Zeit übernommen hatte, nachdem der Besitzer gestorben war. Der war es auch gewesen, der Caroletta seinen Hof vererbt und somit eigentlich erst ermöglicht hatte, dass sie sich endlich ihren Lebenstraum erfüllen, und einen Gnadenhof für Pferde ins Leben rufen konnte.

Inzwischen standen dort bereits neun Tiere, die sich um ihre Zukunft wohl keine Sorgen mehr machen mussten, denn unter Carolettas Fürsorge und der ehrenamtlich tätigen Stallhelfer, die täglich aus der Umgebung auf den Gnadenhof kamen, ging es ihnen einfach nur gut.

„Caroletta ist wirklich genial!", meinte nun auch Marc und legte den Arm um seine Freundin Ricky. „Bietet sie doch tatsächlich Reiterferien für Kids an, um diesen Hof damit zu finanzieren, echt stark!"

„Noch besser finde ich, dass wir in diesen Zeiten mit unseren Pferden dort wohnen, und Caroletta ein bisschen unterstützen können", lachte Lilian. „Ich glaube, über Langeweile in diversen Ferien können wir uns in Zukunft nicht mehr beklagen!"

„Bin richtig gespannt drauf, was das für Leute sind, die morgen dort anreisen. Hoffentlich sind sie auch nett", überlegte Ricky, während Marc grinste.

„Reiter sind immer nett", betonte er, ehe er sich schnell korrigierte: „Na ja, fast immer zumindest. He, Ricky, weißt du, was ich auch super finde?"

„Nee, aber du sagst es mir doch sicherlich gleich, oder?"

„Also, ich freu mich richtig drauf, dass wir auf dem Hof am letzten Tag eine Party geben. Das war eine echt geniale Idee von Caroletta und wird bestimmt cool!"

„Na ja, ist aber auch irgendwie ein komisches Gefühl, mit wildfremden Kids eine Fete zu feiern. Aber du verfressener Mensch spekulierst doch eh nur auf das Knabberzeug und auf die unzähligen Kuchenstücke, die du dann wieder in dich hineinstopfen wirst. Da ist es dir vermutlich sowieso völlig wurscht, wer neben dir sitzt", mutmaßte Lilian und zog den Kopf ein, als sich Marc nach seinem Putzbeutel bückte, um gleich darauf einen Gummistriegel durch die Luft sausen zu lassen.

„An deiner Reaktion sehe ich, dass ich mit meiner Vermutung richtig liege“, grinste Lilian, ehe sie in die Ferne deutete. „He, so wie’s aussieht, kommt unser Gepäck-Taxi! Haben wir auch nichts vergessen?“

„Und wenn schon“, meinte Ricky. „So weit entfernt liegt die Mercy-Ranch nun auch wieder nicht, als dass wir nicht mal hier rüberreiten könnten, um was zu holen.“

„Stimmt auch wieder!“

Gespannt verfolgten die Freunde Carolettas Anfahrt und amüsierten sich wie immer über ihren forschen Fahrstil.

„Ich bin mir fast sicher, dass sie in ihrem früheren Leben mal ein Rennfahrer war!“, lachte Kathi.

In der Tat rauschte Caroletta nun in den Hof und brachte schlitternd ihren Wagen zum Stehen. Schon während sie hielt, winkte sie den Freunden fröhlich zu.

„Na, ihr Lieben, habt ihr euch schon seelisch und moralisch auf eine arbeitsreiche Woche eingestellt? Wir bekommen eine Ladung Heu. Das heißt, wenn der Heuwagen nicht im Tiefschnee stecken bleibt, der Hufschmied ist auch bestellt, und unsere Gäste brauchen natürlich viel Unterhaltung! Wollt ihr immer noch kommen?“, fragte sie, während sie umständlich aus dem Auto stieg.

„Du kannst uns mit überhaupt nichts schocken, Caroletta! Die Kinder, die morgen auf der Ranch eintreffen, können nicht schlimmer als Ricky sein“, meinte Kathi und ging hinter der Besitzerin ihres Pflegepferdes in Deckung.

„Na warte, Kathi, das merke ich mir!“ Ricky drohte scherzhaft mit dem Zeigefinger, ehe sie nach ihrer Tasche griff. „Caroletta, wo soll das Zeug hin? In den Kofferraum oder auf den Rücksitz?“

Die ältere Dame schaute erstaunt auf die Gepäckstücke. „Wollt ihr etwa den Rest eures Lebens bei mir verbringen? Was habt ihr da bloß alles eingepackt?“

„Ach, Caroletta, du weißt doch wie Frauen sind.“ Marc zwinkerte ihr vielsagend zu.

„Allerdings! Na gut! Diverse Notwendigkeiten junger Damen benötigen immer viel Platz! Dann mal los!“ Caroletta humpelte um ihren Wagen herum und öffnete ihn, sodass die Freunde ihre Taschen einladen konnten.

„Wann reitet ihr los?“, wollte sie wissen, ehe sie noch auf eine Tasse Kaffee bei Rickys Mutter vorbeischauen wollte.

„So ziemlich gleich! Wir satteln jetzt und dann geht's ab“, antwortete Lilian. „Schätze, wir brauchen so etwa eineinhalb Stunden, bis wir bei dir eintrudeln.“

„Wenn's reicht“, warf Kathi ein. „Schließlich müssen wir langsam reiten. Die Straßen sind schon recht glatt.“

„Stimmt!“

„Also gut, Kinder, zieht euch warm an. Eineinhalb Stunden sind eine lange Zeit, wenn man bei dieser Kälte frierend und still im Sattel sitzt!“

„Ich bin sicher, uns wird's schon warm werden. Notfalls legen wir im Wald einen kleinen Galopp ein.“ Ricky freute sich schon im Voraus auf die heimelige Wärme, die in Carolettas großer Küche von einem riesigen Kachelofen verbreitet wurde, und das Mädchen war sich sicher, dass sie in dieser Woche ihren Lieblingsplatz auf der Ofenbank wohl verteidigen musste.

„Oh Mann, ich glaube, mein Hintern ist am Sattel festgefroren“, bibberte Kathi. Einhändig hielt sie die Zügel fest, während sie die steifen Finger der anderen Hand bewegte.

„Handschuhe sind auch nicht mehr das, was sie einmal waren“, pflichtete ihr Ricky bei. Sie waren gerade an dem zugefrorenen Espensee vorbeigeritten, und als sie jetzt den direkten Weg zu Carolettas Ranch einschlugen, dachte Ricky mit Schrecken daran, dass sie immer noch rund eine halbe Stunde vor sich hatten, ehe sie dort eintreffen würden.

Schon jetzt waren die Freunde trotz ihrer Thermojacken bis auf die Knochen durchgefroren, und zu allem Übel begann es auch wieder zu schneien, sodass sich der schwarze Diabolo in kürzester Zeit in einen Schimmel verwandelte.

Mittlerweile bildeten die Schneekristalle bereits kleine Klumpen in den Mähnen der Pferde, und der feuchte Atem der Tiere ließ deren Barthaare gefrieren.

„Ich glaube, wir müssen unsere Süßen nachher erst einmal auftauen“, meldete sich Kathi noch einmal zu Wort, ehe sie den Kopf tiefer einzog und ihren Jackenkragen noch höher schlug, sodass der zumindest ihren Mund bedeckte.

Immer stiller wurden die vier, während die Hufe ihrer Pferde tiefer und tiefer im Schnee versanken.

„Mann, bin ich froh, wenn wir's geschafft haben“, murmelte Ricky undeutlich in ihren breiten Schal hinein.

Als Marc wenig später den erlösenden Ausruf „Land in Sicht!“ ausstieß, atmeten die drei Mädchen auf.

„Also, ich reite ja wirklich für mein Leben gern, aber heute könntest du mir sonst was dafür bieten. Ich werde nachher keinen Meter mehr vor die Tür gehen!“ Lilian zog fröstelnd ihre Schultern hoch, während Kathi und Ricky bestätigend nickten. Für die restliche Strecke versanken die vier Reiter in tiefem Schweigen.

Endlich hatten sie es geschafft.

Wie die Schneemänner sahen sie aus, als sie auf Carolettas Hof einritten und kaum noch fähig waren, sich zu bewegen. Völlig steif und ungelenk rutschten sie aus ihren Sätteln und waren froh, als Hannes, Quirin, Lina und Brigitta, die guten Geister der Mercy-Ranch, angerannt kamen, die Pferde übernahmen und sie schnell in den Stall führten.

Caroletta, die in der Haustür stand, winkte den vier Freunden energisch zu.

„Los, los, los! Macht, dass ihr hier reinkommt. Ihr seid ja völlig durchnässt! So ein Mist aber auch, dass es ausgerechnet heute so ein Schneegestöber geben muss!“, rief sie und schloss schnell hinter den durchgefrorenen Gestalten die Tür.

„WWir mmüssen eerst nnoch ddie Pfferde vversorgen,“ schnatterte Ricky, doch Caroletta schüttelte den Kopf.

„Nichts da! Erst einmal geht ihr der Reihe nach unter die warme Dusche und zieht euch um. Ich mach euch währenddessen einen heißen Tee. Nicht, dass ihr euch noch erkältet! Schließlich habe ich euch als Helfer hier. Krank spielen könnt ihr zu Hause“, lächelte sie aufmunternd. „Außerdem könnt ihr sicher sein, dass Quirin und seine Freunde eure Pferde bestens versorgen werden. Wahrscheinlich rubbeln sie bereits schon deren Fell trocken. Ihr werdet sehen, die sind schneller wieder in ihrem Originalzustand als ihr! So! Und nun keine Widerrede, ab mit euch in die Badezimmer, ihr wisst ja, wo sie sind!“

Es passte Ricky einerseits zwar überhaupt nicht, dass sie Diabolo im Moment nicht selbst versorgen durfte, aber andererseits musste sie Caroletta Recht geben. In ihrem fast schon tiefgefrorenen Zustand wäre sie noch nicht einmal in der Lage, den Sattelgurt zu lösen, geschweige denn die Riemchen der Trense aufzuschnallen. So tat sie es nun endlich ihren Freunden nach, zog ihre Reitstiefel aus und entledigte sich ihrer klatschnassen Steppjacke, deren Nässe sich bereits nach unten ausbreitete und schon eine beträchtliche Wasserlache um Rickys Füße herum gebildet hatte.

„Sorry, Caroletta, ich mach das gleich weg“, meinte das Mädchen, doch die ehemalige Kunstreiterin schob sie energisch den Gang entlang.

„Verschwinde endlich und schau zu, dass du schnell wieder trocken bist! Das bisschen Bodenwischen schaffe ich gerade noch selbst“, grinste sie und sammelte dann alle vier Jacken ein, um sie in der Küche, in der Nähe des Kachelofens, aufzuhängen, ehe sie das Wasser für den versprochenen Tee aufsetzte.

Etwa eine halbe Stunde später saßen die Freunde frisch geduscht, in dicke Pullover gehüllt, um den Küchentisch herum und ließen sich dampfenden Früchtetee, sowie einen selbstgemachten Hefestollen gut schmecken. Happy, der mittelgroße Mischlingshund, den Caroletta von Ricky bekommen hatte, saß schwanzwedelnd mit bittendem Blick vor Lilian und hoffte, dass sie ihm ein Stückchen Kuchen abgeben würde.

„Ooh, das tut gut! Ich komm mir vor, wie ein neuer Mensch“, meinte Lilian und räkelte sich wohlig. „So eine Dusche und ein heißes Getränk wirken wahre Wunder! Mensch, Happy, du machst ja Marc Konkurrenz ... nee, jetzt gibt's erst mal nichts mehr!“

„Will auch hoffen, dass euch die Dusche gut getan hat“, meinte Caroletta und legte ein paar Stücke Holz nach. „Schließlich müsst ihr fit sein, wenn hier morgen die Rasselbande eintrifft. Macht euch auf was gefasst. Wir haben vier Zehnjährige und zwei Zwölfjährige zu erwarten, und ich bin mir sicher, dass sie uns auf Trab halten werden!“

„Hut ab, dass du dir diesen Stress antust“, grinste Marc.

„Na, sag mir, wie ich sonst das Ganze hier finanzieren sollte? Von nichts kommt nichts, und jeder Gast bringt Geld für die Tiere! Aber was soll's, ich hab ja viele Helfer, die mich unterstützen, und das finde ich wirklich toll!“

„Also, eines muss man dir lassen, Caroletta, du hast den Hof fantastisch umbauen lassen“, meinte Kathi, die schon länger nicht mehr auf der Ranch gewesen war. „Ich hab vorhin mal einen Blick in die Zimmer geworfen. Echt super, kann ich nur sagen. Die Kleinen werden begeistert sein!“

„Nicht nur die Kleinen“, meinte Caroletta. „Ich freue mich jeden Tag aufs Neue darüber, wenn ich durchs Haus laufe! Möchte noch jemand Tee?“

„Klar!“

„Ja, bitte!“

„Gern!"

Während Caroletta erneut die Tassen füllte, öffnete sich die Tür, und Lina stürmte mit Brigitta herein.

„Wow, ist das heiß hier!", stöhnte Lina, deren Brille sofort beschlug. „Ich kann ja überhaupt nichts mehr sehen!", sagte sie und tastete sich zum Küchentisch hinüber.

„Oh, du blindes Huhn, dann nimm doch einfach dein Nasenfahrrad ab!", meinte Brigitta, während sie sich ebenfalls ihrer Jacke entledigte.

„Echt gute Idee!", grinste Lina und reichte Ricky und Co. der Reihe nach die Hand. „Schön, dass ihr da seid!"

„Hi!" Ricky kniff die Augen etwas zusammen, während sie die beiden Mädchen beobachtete, die sich in Carolettas Küche so bewegten, als wenn sie hier zu Hause wären.

„Hannes und Quirin kommen auch gleich, soll ich sagen", richtete Brigitta aus und griff nach einem Stück Stollen. „Lecker! Carolettas Stollen sind einsame Spitze!", trötete sie, und Marc brach in schallendes Gelächter aus.

„Ja, ich weiß! Meine Mutter backt wirklich gut!", meinte er und verriet den anderen, dass Caroletta angeblich noch nie einen Kuchen gebacken hatte.

„Wozu auch", lachte Caroletta. „Schließlich müssen Konditoren ebenfalls leben, und was deine Mutter betrifft, Marc, seit sie für mein leibliches Wohl sorgt, hab ich mindestens fünf Kilo zugenommen. Sie ist wirklich ein Ass in der Küche ... und sonst natürlich auch", fügte sie schnell hinzu.

„Macht nichts! Hauptsache, für uns fällt immer was ab." Brigitta schien genauso ein Kuchenfreak wie Marc zu sein, denn sie stopfte bereits das zweite Stück in sich hinein.

„He, he! Brigitta, lass uns gefälligst noch was übrig!" Hannes und Quirin gesellten sich nun ebenfalls hinzu.

„Na, alles klar im Stall?", wollte Caroletta wissen.

„Sowieso! Alle Pferde sind versorgt, getrocknet und gebügelt", vermeldete Hannes und salutierte.

„Wir haben jedem eine Portion Heu gegeben. Hoffe, dass das okay war“, ergänzte Quirin.

„Natürlich, Jungs.“ Caroletta nickte. „Ihr macht das schon richtig. Nun setzt euch und langt kräftig zu. Habt ihr euch nach dem heutigen Tag auch redlich verdient!“

Ricky und ihren Freunden erklärte sie, dass die beiden ihr heute Morgen bereits dabei geholfen hatten, die Zimmer und Betten für die Gäste herzurichten, ehe sie ihr anschließend tatkräftig im Stall zur Hand gegangen waren.

„Ey, das find ich super“, meinte Kathi anerkennend.

„Na ja, das mit den Zimmern war ja wohl eine Ausnahme. Ist ja doch normalerweise eher Frauensache“, verteidigte Hannes kauend sein männliches Image.

„Bist du etwa auch so einer, der die Frauen am liebsten an den Herd stellen würde?“, fragte Lilian amüsiert, doch Hannes tat so, als wenn er die Frage nicht gehört hätte.

„Wem von euch gehört eigentlich dieser supitolle Rappe, den ich da vorhin trockengerieben habe?“, fragte Lina, wobei ihre Augen zu leuchten begannen. „Das ist ja wirklich ein absolutes Traumpferd! Besteht die Möglichkeit, dass man sich da mal draufsetzen kann?“

Marc schüttelte den Kopf. „Das kannst du vergessen! Ricky lässt nur ganz selten jemanden auf ihrem Goldstück reiten. Da ist sie eigen.“

„Antwortest du in Zukunft immer für mich?“, fragte Ricky lachend nach und blinzelte ihrem Freund zu.

„Natürlich! Wir halten das jetzt ab sofort, wie im Mittelalter. Der Mann ist das Sprachrohr der Frau!“, gab Marc zurück, wobei Ricky ihn entgeistert anstarrte.

„Sag mal, bist du noch ganz dicht? Spiel hier nicht den Macho, Junge, das geht nämlich schief!“

Caroletta musste lachen. „Also, wenn ihr mit Essen fertig seid, setzen wir uns zusammen und besprechen alles für die nächsten acht Tage!“

Als Ricky sah, dass die anderen noch vor vollen Tellern saßen, stand sie auf. „Ich bin gleich wieder zurück. Möchte nur schnell nach Diabolo schauen“, meinte sie und schnappte sich ihre Jacke, die inzwischen gut getrocknet war.

„Ich geh mit“, sagte Lilian spontan und erhob sich ebenfalls, um mit ihrer Freundin nach draußen zu gehen.

Als die beiden die Küche verlassen hatten, fragte Lina etwas pikiert: „Glaubt sie denn, dass ich ihr Pferd nicht richtig versorgt habe?“, doch Caroletta winkte nur ab.

„Nein, Lina, das hat damit wirklich überhaupt nichts zu tun. Es ist nur so, dass Ricky mit ihrem Diabolo schon so Vieles erlebt hat, dass sie sich stets selbst davon überzeugt, ob es ihm auch wirklich gut geht. Und das, liebe Lina, ist eigentlich das Grundprinzip eines jeden Pferdebesitzers“, erklärte sie ihrer jungen Helferin, die diesen Standpunkt zwar verstehen konnte, aber dennoch einen etwas gekränkten Eindruck machte.

Ricky ist doch mit Sicherheit nicht viel älter als ich, dachte sie. Was soll die schon so Großartiges erlebt haben? Muss mal bei Gelegenheit diese Lilian danach fragen. Das Mädchen ist mir die Sympathischste von den vieren!

Die beiden Freundinnen waren schnell durch die Verbindungstür zwischen Wohnraum und Stall geschlüpft.

„Das ist bei diesem Wetter echt mehr als nur praktisch“, stellte Ricky fest und ließ ihren Blick schweifen.

Caroletta hatte den Stall wirklich toll herrichten lassen.

In jeder der geräumigen Boxen war ein großes Fenster eingebaut, sodass nichts mehr an den alten, düsteren Stall erinnerte, der er einmal gewesen war. Ein breiter Gang ermöglichte ein problemloses Putzen der einzelnen Pferde, die hier nebeneinander hingestellt werden konnten, und sogar eine kleine Sattel-, sowie eine Futterkammer waren eingerichtet worden.

Kurzum, es war ein freundlicher, einladender Stall; ein richtiger „Wohlfühlstall“ für Tier und Mensch.

Insgesamt waren hier fünfzehn Boxen eingebaut, von denen bislang neun ständig belegt waren.

Hier standen Jonas, Hadrian und Cora, die Caroletta allesamt vor dem Schlachthaus gerettet hatte und die bereits ein Alter zwischen 20 und 25 Jahren aufwiesen. Auch Sheila, eine wunderschöne zehnjährige Schwarzwälderstute hatte bereits auf der Liste des Pferdemetzgers gestanden, als Caroletta sie entdeckt hatte.

Silver, Tony und Arabella hatten Gelenkprobleme und waren daher von ihren Besitzern abgeschoben worden, da sie turnieruntauglich geworden waren, wogegen Cindy und Jam, die beiden Ponys, nur hier waren, weil ihre Besitzer ins Ausland gezogen waren. Diese kannten Caroletta persönlich, und da es ihnen eine Herzensangelegenheit war, dass die Tiere auch wirklich in gute Hände kamen, hatten sie die ehemalige Kunstreiterin darum gebeten, die Ponys zu übernehmen. Cindy und Jam waren somit die einzigen Tiere, für deren Unterhalt monatlich ein Scheck bei Caroletta eintraf, über den sie natürlich mehr als froh war, denn es kostete eine ganze Stange Geld, diesen Hof zu betreiben. Versicherungen, Hufschmied, Tierarzt, Futter ... Caroletta war wirklich glücklich über jeden Cent, der diesem Projekt zugeführt wurde.

Diabolo, Doc Holliday, Sharazan und Rashid standen nun auf der gegenüberliegenden Boxenseite der eigentlichen Gnadenhofpferde und ließen sich das Heu schmecken, das ihnen Quirin und Hannes in die Raufen gesteckt hatten.

„Na, mein Süßer, wie geht’s dir? Gefällt’s dir hier? Da hast du ja wirklich eine ganz tolle Box bekommen!“, begrüßte Ricky ihren Rappen und kraulte ihm die Stirn, während Lilian mit Holli schmuste.

„Du, die vier haben wirklich ganze Arbeit geleistet“,

meinte sie, als sie schließlich wieder neben Ricky stand. „Man sieht fast gar nicht mehr, wie nass die Tiere waren.“

„Stimmt“, pflichtete Ricky bei. „Die müssen wie die Wilden das Fell gebürstet haben, echt super! Du, ich glaube, die sind ganz nett. Komisch, dass wir sie noch nie auf dem Hof gesehen haben, wenn wir Caroletta besucht haben.“

„Wahrscheinlich waren wir immer gerade dann hier, wenn die anderen noch nicht da oder schon wieder weg waren“, meinte Lilian, ehe die beiden Mädchen zu den Gnadenhofpferden hinübergingen.

„Mensch, denen geht’s wirklich prächtig“, freute sich Ricky und sprach zu jedem der Tiere ein paar liebevolle Worte. „Wisst ihr eigentlich, wie gut ihr es bei Caroletta habt? Und wisst ihr, dass sie extra wegen euch hierher umgezogen ist? Ach egal, das interessiert euch sicherlich gar nicht, was? Hauptsache, ihr habt ein Dach über dem Kopf und genug zu Fressen, stimmt’s?“

„Red denen doch nichts ein“, lachte Lilian. „Ich bin mir völlig sicher, dass die Tiere ganz genau wissen, wer für ihr Glück verantwortlich ist!“

„Ja, denk ich eigentlich auch! Schließlich spüren sie ja zu jeder Zeit, wer ihnen wohlgesonnen ist und wer nicht. Du, ich glaube, wir sollten wieder ins Haus gehen“, meinte Ricky, nachdem sie einem Blick auf ihre Uhr geworfen hatte. Sie waren schon wesentlich länger im Stall, als sie es eigentlich vorgehabt hatten, doch wie immer, wenn die Mädchen bei den Pferden waren, vergaßen sie absolut die Zeit.

„Ich bin gespannt, wann Clarissa kommt.“

„Ja, ich auch. Die ist ja total happy, seit sie Sheila als Pflegepferd und Reitbeteiligung bekommen hat!“

„Happy? Regelrecht durchgeknallt ist sie“, lachte Ricky. „Sie spricht von nichts anderem mehr! Aber warum soll’s ihr anders gehen als uns?“

Eilig verließen die beiden den Stall und gesellten sich dann zu Caroletta, die sich mit den anderen bereits ins Wohnzimmer zurückgezogen hatte.

Clarissa sprang erfreut auf, als die Mädchen eintraten.

„Hey, wie lange bist du schon hier? Ich freu mich total!", rief Lilian aus und nahm die Freundin in den Arm.

„Bin gerade gekommen!"

„Schön, dass ihr wieder hier seid", unterbrach Caroletta lächelnd die Begrüßung. „Und, Ricky, alles okay?"

„Ja, klar! Vielen Dank, Lina, Diabolo sieht wirklich wie neugeboren aus!" Rickys Worte kamen von Herzen und stimmten das Mädchen mit der Brille wieder versöhnlich.

„Keine Ursache! Hab ich gern gemacht!"

„Na wunderbar. Wenn jetzt alles soweit geklärt ist, dann können wir ja anfangen." Caroletta lehnte sich in ihrem Sessel zurück und ließ den Blick über ihre jugendliche Hilfsmannschaft schweifen.

„Zunächst einmal möchte ich euch sagen, dass ich euch für eure stete Unterstützung sehr dankbar bin. Wenn es euch nicht gäbe, hätte ich wohl ein wenig Schwierigkeiten, dies alles hier zu machen. Bin eben auch nicht mehr die Jüngste." Caroletta lächelte. „Morgen bekommen wir nun also sechs Gäste, deren Eltern es wohl gut fanden, das neue Jahr in Ruhe zu beginnen, während ihre Kinder hier gut aufgehoben sind. Wie ich bereits schon gesagt habe, handelt es sich um vier Zehnjährige und zwei Zwölfjährige, denen wir eine schöne Woche bescheren wollen."

„Sind das Jungs oder Mädchen?", wollte Brigitta interessiert wissen.

„Zwei Jungen und vier Mädchen", antwortete Caroletta. „Die beiden älteren sind übrigens auch Mädchen."

„Cool!", meinte die vierzehnjährige Lina und strahlte. Vielleicht würde sich ja mit der einen oder anderen ein richtig freundschaftliches Verhältnis entwickeln.

„Und wo kommen die her?“, fragte Quirin weiter.

„Im Prinzip wohnen sie alle nicht allzu weit weg. Ich glaube, wenn ich mich richtig erinnere, ist die weiteste Entfernung fünfzig Kilometer von hier.“

„Ach, nur? Ich weiß nicht, ob ich nicht lieber weiter weg Urlaub machen wollte“, meinte Hannes, doch Brigitta lachte sofort laut auf.

„Für die ist doch das Wichtigste, dass sie mal eine Zeit lang von den Eltern weg sind, und natürlich die Pferde, denke ich. Und was dich betrifft ... Du wohnst hier nur um die Ecke und verbringst ebenfalls jede freie Minute auf der Ranch. Ich glaube, es kommt wirklich nicht auf die Entfernung an, sondern darauf, wo man sich gerne aufhält!“

„Genau so ist es“, meinte Caroletta. „Die sechs sind allesamt Pferdenarren, na ja, zumindest haben das ihre Eltern behauptet, und somit denke ich, dass sie hier genau richtig sind. Sie können sich viel mit den Tieren beschäftigen, im Stall helfen, und, wenn das Wetter einigermaßen mitspielt, natürlich auch reiten. Sollten wir allerdings acht Tage lang einen solchen Schneesturm wie heute haben, dann wird’s problematisch, und wir müssen uns ganz schnell eine pferdige Beschäftigungstherapie einfallen lassen, denn leider haben wir ja keine Reithalle, in die wir bei schlechtem Wetter ausweichen können.“

„Also, das heißt, im Prinzip haben sie wirklich einen Reiterurlaub gebucht“, stellte Marc fest, doch Caroletta schüttelte entschieden den Kopf.

„Nein! Ganz sicher nicht! Die Eltern wurden darüber informiert, dass die Mercy-Ranch, wie der Name schon sagt, ein Gnadenhof ist, und sie wissen auch, dass man auf unseren Pferden zwar noch ein bisschen durch die Gegend zockeln, aber keinesfalls mehr Rennen reiten kann. Der Effekt dieses Aufenthaltes auf unserem Hof sollte eigentlich ein ganz anderer sein.“

„Und welcher?“, fragte nun Ricky gespannt. „Ich dachte auch immer, dass man bei dir Reiterferien machen kann.“

„Sinn und Zweck ist es, den Kindern die richtige Einstellung zu Gnadenpferden, beziehungsweise zu Tieren im Allgemeinen zu vermitteln, sie dahingehend zu fördern, das nötige Verständnis für sie aufzubringen, zu erkennen, dass auch alte oder gebrechliche Tiere noch ein Recht auf ein würdiges Leben haben und nicht einfach auf die Schlachtbank abgeschoben werden dürfen. Je früher man das einem Menschen beibringt, desto eher haben sie es verinnerlicht, und umso umsichtiger und verantwortungsbewusster werden sie als Erwachsene einmal mit den Tieren umgehen. Das, ihr Lieben, ist es, was es zu vermitteln gilt.“ Caroletta machte eine kleine Pause, ehe sie weitersprach.

„Es sind einfach Pferdeferien, bei denen jedoch nicht das Reiten im Mittelpunkt steht. Natürlich soll auch der ganze Spaß drumherum nicht zu kurz kommen. Das heißt, wir können Spiele veranstalten, einen Malwettbewerb mit kleinen Preisen ansetzen, wir können ein wenig Theorie über die Pferde vermitteln, die Party findet ja ebenfalls noch statt ... denkt einfach mal darüber nach. Alles, was euch sonst noch so einfällt, nehme ich mit Sicherheit dankbar an.“

„Wir könnten zum Beispiel Pferdeleckerlis backen“, überlegte Kathi.

„Oder einfach nur mit den Pferden draußen im Schnee spazieren gehen“, fügte Lina hinzu.

„Wir könnten auch Boxenschilder für die einzelnen Pferde malen. Caroletta, hast du noch ein paar Bretter rumliegen?“, fragte Quirin, der oft zu Hause begeistert vor seinem Zeichenblock saß und malte oder witzige Schriften erfand.

„In der Tenne liegen noch genügend Bretter vom Umbau herum.“ Caroletta war begeistert von den Ideen ihrer Helfer. „Kinder, ihr seid wirklich Spitze! Ich denke, uns allen wird es in den nächsten paar Tagen mit Sicherheit nicht langweilig werden“, meinte sie, ehe sie sich langsam hochstemmte und nach ihrem Stock griff.

„Es wird Zeit, dass wir den Stall richten. Schließlich wird es schon früh dunkel, und ich habe es immer noch nicht geschafft, den Elektriker hierher zu bewegen, damit er mir ein Außenlicht zum Misthaufen hinlegt. Das heißt, wir müssen uns mit dem Ausmisten der Boxen ein wenig sputen, solange wir draußen noch etwas sehen.“

Wie auf Kommando sprangen die Kinder auf und beeilten sich, Gummistiefel und warme Jacken anzuziehen, ehe sie gemeinsam in den Stall hinüberliefen.

Caroletta hantierte in der Futterkammer mit den Eimern herum, während die drei Jungen fleißig eine Box nach der anderen ausmisteten und einstreuten.

Die Mädels hingegen schafften Heu und Einstreumaterial heran, ehe sie Kräuterpellets und Aufbaufutter unter den Pferden verteilten.

Bald schon hörte man das rhythmische Scharren zweier Besen, als Ricky und Kathi den Stallgang wieder in ihren Urzustand versetzten.

„Ich glaube, Stall kehren hat mir noch nie so viel Spaß gemacht wie eben“, lachte Ricky und blinzelte ihrer Freundin zu, der es nicht anders erging.

„Ist komisch. Egal, was es ist, es macht immer viel mehr Laune, bei anderen Leuten zu arbeiten als zu Hause“, meinte sie und blieb einen Moment vor Rashids Box stehen, um dem Falben einen Schmatz auf die weichen Nüstern zu geben, bevor sie weiterkehrte.

„Und morgen früh bringen wir die Guten alle auf Hochglanz.“ Hannes stand bei seinem Liebling Jonas und tätschelte dem großen Kaltblüter liebevoll den massigen Hals. „Du bist was Besonderes“, sagte er zu ihm. „Ich hab dich ganz doll lieb!“

Kathi hielt inne und schaute den Jungen versonnen an.

Der ist auch was Besonderes, dachte sie bei sich. Doch sie wurde gleich wieder aus ihren Gedanken gerissen, als Ricky sie anstieß.

„Träumst du, oder was? Der Stallgang kehrt sich nicht von allein“, grinste sie, als die Freundin ihr die Zunge herausstreckte und sich wieder an die Arbeit machte.

Natürlich wurde es dann am Abend doch später, als Caroletta es sich vorgestellt hatte, denn die Kids überhäuften sie mit Fragen über ihre Jahre als Kunstreiterin, die sie selbstverständlich nicht unbeantwortet ließ.

„Jetzt ist aber wirklich Schluss“, meinte sie endgültig gegen elf Uhr abends und schickte ihre Helfer der Reihe nach in die Badezimmer.

„Schlaft gut, ihr Lieben, und nochmals danke dafür, dass ihr da seid“, rief sie ihnen nach, ehe auch sie sich in ihr Zimmer zurückzog. Sie konnte jedoch noch lange nicht einschlafen, denn, das musste sie zugeben, sie war ebenfalls ein wenig aufgeregt, wenn sie an die kommende Woche dachte. Schließlich war es das erste Mal, dass sie Gäste auf ihrem Gnadenhof empfing.

„Wird schon schiefgehen“, murmelte sie schließlich noch im Halbschlaf vor sich hin, ehe sie endlich einschlief.

Kapitel 2

Ricky erwachte schon früh am Morgen.

Ein Blick aus dem Fenster zeigte ihr, dass es in der Nacht nicht mehr viel geschneit hatte.

Als sie aufstand, hatte sie jedoch den Eindruck, dass es draußen noch kälter geworden war. Leise, damit sie Lilian und Kathi, die vorerst noch im gleichen Zimmer schliefen, nicht aufweckte, zog sie sich an und verließ auf Zehenspitzen den Raum.

Vorsichtig schlich sie den Gang entlang zum Badezimmer, und kurz darauf war sie unterwegs in Richtung Küche.

Schnell begann sie den Frühstückstisch zu decken, während der Duft von frischem Kaffee durch das Haus zog.

Caroletta erschien etwa eine halbe Stunde später schnuppernd in der Tür. „Hm, das riecht hier aber schon lecker. Guten Morgen, Ricky, sag bloß, du hast schon Kaffee gekocht?! Herrlich! Das ist jetzt genau das Richtige, was ich zum Wachwerden brauche! Bist du eigentlich immer so früh auf?“, fragte sie, während sie sich eine Tasse einschenkte.

„Na ja, nicht wirklich“, gab Ricky zu. „Die anderen schlafen übrigens noch. Hätte ich sie wecken sollen?“

„Nein, nein, lass sie ausschlafen. Wie war deine Nacht?“

„Ich hab irgendeinen Schwachsinn geträumt, an den ich mich zum Glück nicht mehr erinnern kann“, meinte das Mädchen und stellte Brot und Marmelade auf den Tisch. „Fehlt noch irgendwas?“

Caroletta begutachtete prüfend den Tisch.

„Also, mir reicht das, was du hingestellt hast, aber vielleicht mögen deine Freunde gekochte Eier zum Frühstück", meinte sie, doch Ricky schüttelte den Kopf.

„Och, Caroletta, das fangen wir gar nicht erst an, sonst endet das noch mit Kaviar- und Lachsbrötchen!"

Die Kunstreiterin musste lachen und setzte sich. „Es ist ganz gut, dass wir noch für einen Moment alleine sind. Ich wollte mit dir wegen eines der Mädchen reden, die heute hier ankommen."

Ricky ließ sich ebenfalls mit einer Tasse Tee nieder und schaute Caroletta nun gespannt an. „Um was geht's?"

„Tja, wie soll ich sagen ... Eine der Zwölfjährigen, und zwar Carmen Lisser, scheint ein etwas schwieriges Mädchen zu sein. Sie hat vor einem halben Jahr ihre Mutter verloren und scheint sich, nach den Angaben ihres Vaters, in dieser Zeit völlig verändert zu haben. Er sagte, sie war früher sehr liebevoll und zuvorkommend gewesen, doch seit dem Tod der Mutter hat sie wohl ein regelrechtes Schutzschild um sich herum aufgebaut und blafft jeden nur noch an, während sie sich äußerst affektiert verhält!"

„Oje, das verspricht eine total ‚entspannte' Woche zu werden", stöhnte Ricky auf.

„Jammere nicht, Mädchen, ich denke, man muss sich nur langsam an diese Carmen herantasten, damit sie wieder zu sich selbst findet. Ihr Vater hofft, dass sie sich durch den Umgang mit den Pferden und auch durch eure Gesellschaft wieder daran erinnert, wer sie wirklich ist. Ricky, ich dachte ... ich meine, ich möchte dich jetzt gerne fragen, ob du dich dieses Mädchens ein wenig annehmen willst."

Ricky schluckte. Na prima!, dachte sie. Ich soll Kindermädchen für eine affektierte, streitsüchtige Tussi spielen! Wenn das nur gut geht.

„Wenn du meinst", sagte sie vorsichtig und vermied es tunlichst, Caroletta anzuschauen, damit diese nicht womöglich noch ihre Gedanken lesen würde.

„Ich weiß, was in dir vorgeht“, sagte diese jedoch im gleichen Augenblick. „Aber ich denke, wenn einer es schafft, an dieses Mädchen heranzukommen, dann bist du das!“ Aufmunternd nickte sie Ricky zu. „Du kannst das, da bin ich mir ganz sicher. Aber, Ricky, bitte sag vorerst kein Wort zu den anderen. Ich möchte nicht, dass sie alle schon von vorneherein gegen diese Carmen eingestellt sind.“

„Geht klar!“ Ricky atmete tief durch und strich sich gedankenverloren ein Marmeladebrot.

Nach und nach erschienen Carolettas Helfer, zum Teil noch ziemlich verschlafen, in der Küche.

„Guten Morgen allerseits“, strahlte die Dame des Hauses jeden einzelnen an. „Ich hoffe, ihr habt gut geschlafen. Jetzt stärkt euch erst einmal, dann geht’s ab in den Stall. Ich denke, dass unsere Schützlinge auch bereits Hunger haben.“

Das wirkte.

Mit einem Mal war auch die verschlafene Lina putzmunter, denn wenn es um die Pferde ging, vergaß sie alles, sogar, dass sie noch todmüde war.

Etwa eine halbe Stunde später werkelten die acht Jugendlichen bereits an Boxen und Pferden, um alles besonders schön und sorgfältig herzurichten. Schließlich sollten die Gäste ja so beeindruckt werden, dass sie vielleicht einmal wiederkommen würden. Im Endeffekt sah der Stall jedoch wie an jedem anderen Tag auch aus, und die Kids stellten fest, dass sie sich stets bestens um Stallung und Tiere bemühten, auch ohne, dass Fremde hier ein- und ausgehen mussten.

„So soll’s auch sein“, meinte Caroletta und warf einen Blick auf ihre Uhr. „Acht Uhr, wir sind gut! Ich denke, dass die ersten so gegen zehn Uhr hier auftauchen, das heißt, bis zum Mittagessen werden wir wohl komplett sein!“

„Ich bin echt schon gespannt darauf, wie die so sind“,

meinte Brigitta, während Ricky Caroletta einen kurzen Seitenblick zuwarf.

„Hey, Caroletta, da fällt mir ein, Mama hat gesagt, du sollst sie noch anrufen, ob irgendetwas in der Küche fehlt. Sie wollte heute Morgen zum Einkaufen gehen, ehe sie hierher zum Kochen kommt!“, rief Marc da aus Jams Box.

„Na, zum Glück sagst du mir das noch rechtzeitig“, meinte Caroletta. „Da hätte es doch glatt passieren können, dass wir in den nächsten Tagen nur Joghurt in den Bauch bekommen hätten. Ich werde mich gleich mal bei ihr melden. Ach übrigens, Marc, bitte achte bei Jam unbedingt darauf, dass morgens die Hufe mit dem Strahlfäulemittel behandelt werden! Steht in der Sattelkammer auf dem Regal!“

„Alles klar.“ Marc grinste den Tinkerponywallach an. „Hättest du mir auch selbst sagen können, oder?“, meinte er, doch Jam futterte unbeeindruckt weiter, als ob ihn seine Hufe überhaupt nichts angingen.

Caroletta hatte Recht behalten.

Um zehn Uhr näherten sich die ersten drei Autos.

„Zum Glück ist vorhin noch der Schneepflug gefahren“, meinte die ehemalige Kunstreiterin, die vom Stall aus die Ankunft der Gäste beobachtete. „Kathi, setz doch bitte gleich noch einmal einen Kaffee auf, und wirf zwei große Stücke Holz in den Ofen, damit das Feuer nicht ausgeht! Quirin und Hannes, ihr bleibt bitte in der Nähe, damit ihr unseren Gästen gleich die Zimmer zeigen, und ihnen beim Tragen ihrer Taschen helfen könnt. Okay?“

„Klaro!“ Die beiden Jungs stellten sich neben Caroletta bereit, während Ricky und der Rest der Jugendlichen auf die Schnelle das Putzzeug in der Sattelkammer verstauten.

„Ich bin total aufgeregt“, meinte Lina zu ihrer Freundin Brigitta und zog nun schon zum x-ten Mal ihre Brille von der Nase, um sie zu putzen.

„Wenn du so weitermachst, dann hast du bald keine Gläser mehr drin", amüsierte sich Lilian. „Ich denke, du bist nervöser als die Gäste, die auf dem Weg hierher sind!"

„Ist das ein Wunder?", klagte Lina. „Schließlich ist es das erste Mal, dass Fremde hier bei uns Urlaub machen."

„Bei uns ist gut!" Marc grinste, fühlte sich jedoch keinesfalls ruhiger als das Mädchen. Dennoch meinte er: „Caroletta hat mit Sicherheit alles im Griff!" Während er nun seinen Arm um Ricky legte und mit ihr gespannt ans Fenster trat, liefen in den herannahenden Autos völlig gegensätzliche Unterhaltungen ab.

„Oh Mann, ist es der Hof da? Voll cool!" Florin drückte sich fast die Nase an der beschlagenen Autoscheibe platt.

„Cool?", fragte Herr Schüssler zurück. „Da könntest du allerdings Recht haben. Jetzt sind wir nur ein paar Kilometer von zu Hause entfernt, und während dort die Straßen vollkommen frei sind, herrscht hier doch tatsächlich tiefster Winter! Kaum zu glauben. So langsam frage ich mich wirklich, warum ich mich darauf eingelassen habe, dich um diese Jahreszeit auf einen Pferdehof zu schicken."

Florin grinste. „Na, damit du und Mama eine Weile lang Ruhe vor mir habt!"

Herr Schüssler zog eine Augenbraue nach oben und warf seinem Sohn einen kurzen Seitenblick zu. „Das hört sich ja gerade so an, als wenn wir dich abschieben wollten. Siehst du das wirklich so?"

Florin zuckte unbeeindruckt mit den Achseln. „Ist mir eigentlich egal! Hauptsache, ich hab eine Woche, in der ich mich mit Pferden beschäftigen kann! Mensch, acht Tage nur Stall, wow, das wird bestimmt total supi!"

„Ich glaube nicht, dass ihr euch während dieser Zeit ausschließlich im Stall aufhalten werdet. Schließlich brauchen diese Tiere doch auch mal Ruhe, oder meinst du nicht?"

Herr Schüssler warf einen Blick in seinen Rückspiegel. „Ich glaube, die hinter uns fahren ebenfalls auf die Ranch."

„Echt?" Florins Kopf flog herum, und ungestüm winkte er den beiden Menschen im nachfolgenden Auto zu, doch sein Gruß wurde nicht erwidert. „Dann eben nicht!"

Carmen Lisser saß mit eingezogenem Kopf auf dem Beifahrersitz und verdrehte lediglich die Augen, als sie den winkenden Florin durch die sich schnell hin und her bewegenden Scheibenwischer wahrnahm.

„Toll! Sag bloß, das Kleinkind da vorne hat auch diesen komischen Pferdeurlaub gebucht. Himmel, kannst du nicht einfach umdrehen und wieder nach Hause fahren? Ich hab keinen Bock auf das Ganze!"

„Jetzt warte doch erst mal ab. Es war doch immer dein Wunsch, ein paar Tage auf einer Ranch zu verbringen." Carmens Vater hielt den Blick starr geradeaus gerichtet.

„Das ist schon lange her! Was soll ich hier? Es liegt Schnee, es ist kalt, es gibt keine Reithalle, nur alte, ausgemergelte Pferde und blöde Kleinkinder, die schon nerven, ehe sie überhaupt angekommen sind. Ich will nicht hier sein! Wenn du mich nicht wieder mit zurücknimmst, dann laufe ich weg. Das schwöre ich dir!" Carmens Augen sprühten vor Abneigung gegen alles und jeden.

„Carmen, bitte, du warst doch früher nicht so", murmelte Herr Lisser fast unhörbar.

„Früher?!" Das Mädchen lachte gezwungen und viel zu laut heraus. „Früher! Früher war alles anders! Dreh um! Ich hab echt keinen Bock auf diesen ganzen Mist hier! Hörst du? ... Na toll! Es scheint dich überhaupt nicht zu interessieren, was ich möchte!"

Herr Lisser hatte ihr keine Antwort gegeben.

„Herzlichen Dank auch dafür, dass ich dir egal bin! Mama hätte mich nie zu sowas gezwungen!"

„Carmen, es reicht jetzt!"
„Ist doch so!"
„Ich sagte, es reicht! Schau, wir sind gleich da!"
Das Mädchen hatte Tränen der Wut in den Augen. „Na bravo! Bin restlos begeistert! Warum hast du mich nicht zu Hause gelassen und verbringst nicht selbst diese wundervollen Tage hier am Ende der Welt, wenn du mich nicht mehr ertragen kannst?"

Carmens Vater beschloss, nicht mehr auf die provozierenden Worte seiner Tochter zu antworten und hoffte, dass sie schnell wieder zur Besinnung kommen würde. Schließlich wusste sie, wie sehr er sie liebte.

„Mama, bitte sag Mona, dass sie mir nicht die ganze Zeit sagen darf, was ich tun soll!" Anne Kress brüllte ihrer Mutter lautstark in die Ohren, während die ältere Schwester frech grinste.

„Wenn du auf der Ranch genauso nervst wie zu Hause, na dann Prost Mahlzeit! Du führst dich immer so blöd auf!"

„Ich bin nicht blöd! Du bist blöd! Mama, bitte sag ihr, dass ich nicht blöd bin! Ich finde das echt fies."

Frau Kress verdrehte genervt die Augen. „So langsam glaube ich wirklich, dass ich einen Fehler damit gemacht habe, euch zusammen hier anzumelden!"

Mona nickte zustimmend. „Schön, dass du inzwischen auch drauf gekommen bist, Mum! Könntest du das kleine Nervi nicht einfach wieder mitnehmen und mich alleine hier lassen?"

Anne heulte los. „Ich will aber zu den Pferden! Warum fährst du nicht einfach wieder mit zurück, wenn dir etwas nicht passt?"

„Ganz einfach, Dummi. Wer hat denn die Adresse der Mercy-Ranch mitgebracht? Ich, oder?"

„Ich bin kein Dummi!"

„Natürlich bist du ein Dummi!“

„Mona, jetzt höre du bitte auch auf, ja? Euer Gestreite hält ja kein normaler Mensch aus!“

Die Ältere nickte ihrer Mutter beifällig zu. „Genau! Das willst du diesen Leuten von der Ranch doch bestimmt nicht antun, oder?“

„Gott, ich schäme mich jetzt schon in Grund und Boden, wenn ich daran denke, was ihr euch gegenseitig womöglich an den Kopf werft! Man könnte wirklich meinen, dass ihr keinerlei Erziehung genossen habt!“

„Hi hi, Mum, da hast du wohl irgendwas falsch gemacht, oder?“ Mona streckte sich ausgiebig und zwickte ihre Schwester in den Oberarm.

„Autsch ... Sag mal spinnst du?“

„Anne, jetzt gib endlich Ruhe!“

„Aber wenn Mona mich doch ...“

„Ich hab gar nichts gemacht!“

Frau Kress bremste das Auto langsam ab, und als es endlich stand, wandte sie den Kopf ihren beiden Töchtern zu. „Jetzt hört mir mal ganz genau zu, ihr zwei Streithammel. Es gibt jetzt zwei Möglichkeiten! Entweder, ihr benehmt euch jetzt endlich und verhaltet euch anständig, oder wir machen auf der Stelle kehrt und keiner von euch wird auf die Mercy-Ranch gehen!“

Mona verzog ihr Gesicht. „Das kannst du nicht machen! Ich hab die Hälfte für diesen Aufenthalt selbst bezahlt!“

„Das ist mir völlig egal!“

„Ätsch, ich hab nichts selbst zahlen müssen!“ Anne streckte ihrer großen Schwester die Zunge heraus.

„Schön für dich! Lass mich bloß in Ruhe! Hab keine Lust dazu, wegen dir auf die Pferde verzichten zu müssen!“

„Wieso wegen mir?“

„Weil du so doof bist!“

„Ich bin nicht doof!“

„Ihr habt mich anscheinend nicht verstanden!“, bemerkte Frau Kress und ihre Augen funkelten drohend.

Mona erwiderte den Blick ihrer Mutter und drückte sich beleidigt in ihren Sitz. Auch Anne spürte, dass sie sich jetzt zusammenreißen musste.

„Na also! Geht doch!“ Frau Kress wandte sich wieder der Straße zu und ließ den Wagen langsam anfahren, um die letzten paar Meter bis zur Ranch zurückzulegen.

Kaum eine halbe Stunde später trudelten auch die restlichen beiden Gäste ein, und während Caroletta nun mit den Erwachsenen bei einer Tasse Kaffee im Wohnzimmer saß, führten Brigitta und Clarissa die Zwillinge Karen und Philipp durchs Haus, um ihnen ihre Zimmer zu zeigen.

„Eure Zimmergenossen sind schon hier. Ihr schlaft in Dreibettzimmern.“ Clarissa öffnete eine der Türen, worauf ihnen sofort lautstarkes Gelächter entgegenschlug.

„Das hier sind Philipp und Karen“, stellte Brigitta die beiden vor, und Marc erhob sich augenblicklich.

„Hey, Philipp! Schön, dass du hier bist! Immer rein in die gute Stube! Das hier ist Florin und ich bin Marc! Hey, Karen, du schläfst bei Anne und Lilian, eine Tür weiter.“

„Aha!“ Karen schaute ein wenig befremdlich auf Florin, der immer noch am Boden hockte und vergeblich versuchte, seinen Lachanfall in den Griff zu bekommen.

„Männer, oder zumindest mal Typen, die das mal werden sollen!“, grinste Clarissa, hakte das Mädchen unter und schob sie weiter zur nächsten Tür, wo sie ebenfalls herzlich von ihren beiden Zimmergenossinnen begrüßt wurde, und gleich darauf machte sich auch hier eine zwanglose Fröhlichkeit breit. Lediglich im gegenüberliegenden Raum herrschte frostige Stimmung, obwohl sich Ricky verzweifelt darum bemühte, Mona und Carmen für den Vorteil eines Dreibettzimmers zu begeistern.

„Na super!“, meinte Carmen und stand immer noch mit ihrer Reisetasche unter dem Arm da. „Ich wollte nicht hierherkommen. Ihr glaubt doch nicht etwa, dass ich auch noch nachts mit euch zusammen sein möchte? Wenn ich kein Einzelzimmer bekomme, gehe ich sowieso gleich wieder!“

Mona und Ricky schauten sich verblüfft an.

„Also, ich find’s absolut klasse! Wir können bis in die Nacht hinein quatschen und ...“ Mona strahlte.

„Na dann viel Spaß dabei ... und tschüss!“ Carmen machte auf dem Absatz kehrt und lief mit schnellen Schritten hinunter, direkt in Carolettas Arme.

„Carmen, wo willst du denn hin?“, fragte sie freundlich.

„Wo ist mein Vater? Ich werde mit ihm wieder nach Hause fahren!“ Das Mädchen wollte sich vorbeidrücken, doch Carolettas Stock versperrte ihr den Weg.

„Warum denn? Gefällt’s dir hier nicht?“

„Nein!“

„Aha!“ Mehr antwortete Caroletta nicht, sondern schaute Carmen nur forschend an.

Nach einer ganzen Weile wurde das Mädchen unter diesem Blick etwas unsicher.

„Würden Sie, ich meine, würden Sie mich bitte vorbeilassen?“, fragte sie fast schon schüchtern.

„Natürlich! Du bist hier ja schließlich keine Gefangene.“ Caroletta trat einen Schritt zur Seite, sodass Carmen in dem engen Gang gerade so eben an ihr vorbeischlüpfen konnte.

Langsam ging das Mädchen weiter, wobei es Carolettas bohrenden Blick im Nacken spürte. Ein Gefühl, das ihr ein gewisses Unbehagen bescherte.

Carmen schluckte, schließlich hielt sie an und drehte sich langsam um.

„Wollen Sie denn gar nicht wissen, warum ich wieder nach Hause möchte?“, fragte sie auf einmal, doch Caroletta zuckte lediglich mit den Schultern.

„Du sagtest bereits, dass es dir hier nicht gefällt."

„Hm ..."

„Oder sollte es da vielleicht einen ganz anderen Grund geben?", hakte Caroletta nach einigen Sekunden nach, doch Carmen konnte ihr nicht antworten. Irgendetwas zwang sie dazu, kein Wort über ihre Lippen kommen zu lassen.

„Komm mal mit", sagte Caroletta, humpelte zu dem Mädchen herüber und umfasste dessen Schulter. Mit sanfter Gewalt schob sie sie voran, bat sie dann, ihre Tasche abzustellen und verließ mit ihr das Haus, um gleich darauf die Stallung zu betreten.

„Ich dachte, du solltest wenigstens noch die Pferde sehen, ehe du wieder fährst", meinte Caroletta mit einem liebevollen Blick auf die Vierbeiner, die sie freudig begrüßten, als wenn sie schon jahrelang nicht mehr hier gewesen wäre.

Carmen atmete tief durch.

Sie liebte Pferde über alles, und als sie nun die vielen Tiere sah, die ihr neugierig entgegenschauten, tat ihr Herz einen Sprung. Wie lange schon hatte sie darauf gewartet, endlich wieder Stallluft zu schnuppern? Wie hatte sie sich danach gesehnt, endlich wieder das warme Fell eines Pferdes zu berühren, die Stärke und gleichzeitige Sanftheit dieser Tiere zu fühlen?

Fast wie in Trance bewegte sich Carmen auf die erste Box zu, in der Hadrian, ungeduldig auf einen Leckerbissen wartend, mit dem Vorderhuf auf dem Boden scharrte.

„Das ist einer unserer Senioren, den der Pferdemetzger schon am Wickel hatte, aber jetzt darf er Gott sei Dank seinen Lebensabend ohne Angst verbringen. Nebenan steht Arabella, dann kommen Jonas, Sheila, Cora ..." Zu jedem einzelnen Pferd gab Caroletta eine kurze Erklärung ab, und als sie schließlich ihre Runde durch den Stall fast abgeschlossen hatten, stand Carmen mit leuchtenden Augen vor Diabolo, der sie mit großen Augen anblickte.

„Diese vier Stallgenossen sind nur Gastpferde hier auf der Ranch. Sie stehen sonst in einem anderen Stall. Der hier“, Caroletta deutete auf den Rappen, „der hier gehört Ricky. Sie schläft bei dir im Zimmer. Er heißt Diabolo.“

Carmen pfiff leise durch die Zähne.

„Wow, der gehört Ricky?“, fragte sie ungläubig, und nach einer ganzen Weile fragte sie leise mehr sich selbst als ihre Begleiterin: „Wenn man ein solches Pferd besitzt, muss man doch der glücklichste Mensch aller Zeiten sein, oder?“

„Nun, ich denke, dass jeder, der ein eigenes Pferd besitzt, sich glücklich schätzen kann, egal, ob es sich dabei um ein solches Prachtexemplar wie Diabolo oder um ein kleines, struppiges Pony handelt. Es gibt Menschen, deren Glück darin liegt, ein Meerschweinchen zu besitzen. Ich glaube einfach, dass jedes Tier ein bestimmtes Gefühl von Glück vermittelt.“

Carmen schaute noch immer gebannt auf den Rappen. „Aber so etwas wie er ... er ist etwas ganz Besonderes.“

Caroletta legte ihre Hand auf die Schulter des Mädchens. „Jedes dieser Tiere hier ist etwas Besonderes. Genauso, wie auch jeder Mensch etwas ganz Besonderes ist. Auch du!“ Sie spürte, wie sich Carmen unter ihren Worten versteifte.

„Schau her, die meisten dieser Tiere hier haben schlimme Erfahrungen hinter sich, angstvolle Situationen, Quälereien, Schläge, und sie müssen hier erst wieder lernen, das Vertrauen in sich selbst wie auch in die Menschen wieder aufzubauen. Das ist mitunter gar nicht so einfach. Aber wenn wir uns selbst daran erinnern, wie wir uns in bestimmten Situationen gefühlt haben, dann fällt es uns leichter, uns in diese Tiere hineinzuversetzen und ihnen dabei zu helfen, wieder sie selbst zu werden. Möchtest du uns nicht bei dieser wundervollen Aufgabe helfen, Carmen?“

Das Mädchen presste die Lippen aufeinander, ehe es langsam den Kopf schüttelte.

„Warum denn nicht?“

Carmen schluckte. „Weil ... weil ich selbst ... weil ...“

Caroletta legte ihre Hand unter das Kinn des Mädchens und drückte ihr Gesicht sanft nach oben, um ihr in die Augen zu sehen. „Nicht nur wir Menschen können den Tieren helfen, Carmen. Das funktioniert auch umgekehrt.“ Sie machte eine kurze Pause ehe sie weitersprach. „Schau, ich weiß, wie du dich fühlst, wenngleich ich in deinem Alter meine Mutter nicht verloren habe. Aber meine Tochter ist ganz früh gestorben, und ich weiß nur zu gut, was der Verlust eines geliebten Menschen bedeutet. In jener Zeit hatte ich mich ziemlich von meiner Umwelt abgekapselt, wollte nichts mehr hören, nichts mehr sehen. Doch selbst die größte Einsamkeit brachte mir meine Tochter nicht zurück. Damals wandte ich mich dann mehr denn je den Tieren zu, die mich letztendlich auch dazu brachten, mich meinen Mitmenschen wieder zu öffnen.“

Carmen schien durch Caroletta hindurchzuschauen. Sie hörte ihre Worte, verstand auch deren Sinn, jedoch war sie sich nicht darüber im Klaren, ob sie sich überhaupt helfen lassen wollte, sei es von Menschen oder von Tieren. Sie wollte wirklich einfach nur ihre Ruhe haben.

Mama!, schrie es in dem Mädchen. Mama, warum hast du mich nur allein gelassen? Mein Leben war so was von in Ordnung, bis du gegangen bist! Und was ist jetzt? Nichts ist mehr so, wie es vorher war! Nichts! Und jetzt bin ich hier auf diesem gottverlassenen Pferdehof und soll so tun, als ob alles bestens wäre. Himmel, ich kann das nicht! Ich will nach Hause, aber Papa kann mich auch nicht mehr ertragen. Mama, warum nur?

Tränen liefen aus Carmens starren Augen, als auf einmal die Stimme ihres Vaters vom Stalleingang her ertönte.

„Carmen?! Ach, hier bist du. Ich werde jetzt fahren.“

Das Mädchen reagierte nicht auf seine Worte.

Caroletta schaute sie weiter unverwandt an, ehe sie leise zu ihr sagte: „Carmen, es steht dir natürlich frei, dich jetzt dafür zu entscheiden, mit deinem Vater zu fahren, doch es wäre schön, wenn du den Pferden eine Chance geben würdest, dir zu helfen. Den Pferden, aber auch uns Menschen. Ich bin mir sicher, dass dir diese acht Tage gut tun werden, wenn du sie hier verbringst."

„Was ...", begann Herr Lisser, doch Caroletta brachte ihn mit einer Handbewegung zum Schweigen.

„Okay", flüsterte Carmen mit einem Mal fast unhörbar und löste sich langsam aus ihrer Erstarrung. Geräuschvoll zog sie die Nase hoch, wischte sich mit dem Handrücken über die Augen und fiel fast nach vorne über, als Diabolo sie mit seinem Kopf kräftig in den Rücken stieß.

Ein leichtes Lächeln huschte über ihr Gesicht, als sie zu dem riesigen Rappen aufschaute, ehe sie sich zu ihrem Vater umdrehte. „Dann bis in einer Woche, Papa", brachte sie schließlich hervor, doch dann flog sie plötzlich auf ihn zu und fiel ihm um den Hals.

„Carmen? Alles in Ordnung mit dir?" Verwirrt strich er ihr über das Haar und schaute unschlüssig auf Caroletta, die langsam angehumpelt kam.

„Seien Sie unbesorgt, Herr Lisser", meinte sie mit einem liebevollen Blick auf das Mädchen. „Ich glaube, es war bei Carmen schon lange Zeit nichts mehr so in Ordnung wie jetzt!" Keiner der beiden Erwachsenen ahnte jedoch, was in Carmen tatsächlich vorging.

Kapitel 3

Lachend stürmte die Bande in Carolettas Küche, wo Marcs Mutter einen riesigen Gemüseeintopf vorbereitet und den ausgezogenen Tisch liebevoll gedeckt hatte.

„Na? Habt ihr Hunger?“, fragte sie fröhlich und schwenkte zur Begrüßung ihren tropfenden Kochlöffel.

„Klar! Immer!“, trötete Marc im Namen aller zurück.

„Ich hoffe, ihr mögt Eintopf! Ich bin mit dem Kochen ein bisschen spät dran“, entschuldigte sie sich, doch Ricky winkte nur ab.

„Eintopf ist prima! Genau das Richtige bei solch einem eisigen Wetter! Los, Leute, setzt euch! Wo ist eigentlich Caroletta?“

„Ja, das hab ich mich auch schon gefragt. Ob sie wohl im Stall ist? Vielleicht sollten wir erst ...“ Quirin hatte seinen Satz noch nicht beendet, als die Besitzerin der Mercy-Ranch mit Carmen im Schlepptau das Zimmer betrat.

„Ach nee ... Hast du es dir doch anders überlegt?“, rutschte es Mona heraus, noch ehe Ricky sie bremsen konnte.

Augenblicklich versteinerte sich Carmens Gesicht und sie blieb stehen. „Ich kann ja auch wieder gehen, wenn’s dir nicht passt!“, blaffte sie zurück, während Caroletta und Ricky blitzschnell einen Blick wechselten.

„Hey, Carmen, Mona hat das nicht so gemeint! Ich find’s super, dass du nicht wieder nach Hause gefahren bist. Wirst sehen, du bereust das nicht!“ Ricky ging freundlich auf das Mädchen zu und streckte die Hand nach deren Tasche aus.

„Komm, gib her! Du setzt dich jetzt schon mal zu den anderen, und ich bringe dein Gepäck nach oben. Ach übrigens, ich schnarche nicht!"

Carmen ignorierte Rickys Hand. „Lass die Finger von meiner Tasche! Ich hab nichts an den Beinen, also kann ich sie auch selbst nach oben bringen!"

Ricky kochte innerlich.

Das ist vielleicht eine blöde Kuh!, dachte sie im ersten Moment, doch dann jedoch erinnerte sie sich sofort an das, was Caroletta ihr über dieses Mädchen erzählt hatte. So behielt sie ihr Lächeln bei, trat jedoch einen Schritt zurück. „Wie du willst! Aber beeil dich, sonst wird der Eintopf kalt!"

Carmen verzog ihr Gesicht. „Ich mag eh keinen Eintopf!"

„Oh, das tut mir aber Leid!" Marcs Mutter wischte sich ihre Hände an der Schürze ab.

„Muss Ihnen nicht Leid tun! Ich hab eh nicht vor, hier lange zu bleiben!" Mit diesen Worten verschwand die Zwölfjährige in Richtung der Gästezimmer.

„Mann, was für eine Show!" Kathi stand am Tisch und reichte die gefüllten Teller an die Gäste weiter. „Ist die noch ganz normal? Die führt sich hier auf, als wenn sie die Gräfin persönlich wär!"

Anne und Karen tuschelten etwas Unverständliches miteinander, ehe sie sich kichernd über ihre Teller beugten.

Florin und Philipp hingegen waren sich darüber einig, dass sich so blöde nur „Weiber" aufführen konnten, und nachdem auch Quirin noch einen deftigen Kommentar abgelassen hatte, setzte Caroletta dem Ganzen nun entschieden ein Ende.

„So, ihr Lieben, nun habt ihr alle genug gelästert, und ich möchte euch bitten, dass wir uns ab jetzt gegenseitig mit Anstand begegnen", meinte sie, während sie jeden einzelnen durchdringend anschaute.

„Klar, Caroletta! Kein Problem!“, meinte Hannes. „Vielleicht solltest du das Carmen aber auch noch sagen!“

„Lass das mal meine Sorge sein, ja?“

„Hm, vielleicht ist sie heute ja einfach nicht so gut drauf“, wandte Ricky ein, die sich daran erinnert hatte, dass sie über Carmens Situation vorerst Stillschweigen wahren sollte. „Schließlich haben wir alle mal unseren schlechten Tag!“

„Na, dann gebe Gott, dass sie auch wirklich nur einen einzigen üblen Tag hat, denn wenn sie die ganzen acht Tage lang so mies drauf ist, dann wird's lustig! Oh, Frau Magenta, Ihr Eintopf ist echt fantastisch! Total lecker!“ Lina strahlte Marcs Mutter über den Löffel hinweg an, ehe sie schlürfend die heiße Mahlzeit weiter zu sich nahm.

Bei den schlabbernden Geräuschen verdrehte Brigitta ihre Augen. „Mann, Lina, dir hat wohl auch keiner beigebracht, wie man anständig mit Messer und Gabel umgeht, oder?“

„Wieso? Seit wann isst man Eintopf mit Messer und Gabel?“

„Ich meinte deine Schlürferei!“

„Igitt, ist das ekelhaft!“ Carmen war wieder in die Küche zurückgekehrt und schaute nun äußerst angewidert auf das Mädchen mit der Brille.

„Komm herein und setz dich zu uns.“ Caroletta ignorierte einfach Carmens Einwurf. „Wenn wir alle gegessen haben, machen wir schnell gemeinsam den Abwasch und dann werden wir eine Runde durch den Stall drehen, damit ihr endlich die Tiere kennen lernt. Los, Carmen, schnapp dir deinen Teller! Wir wohnen hier gemeinsam, wir arbeiten gemeinsam, und wir essen auch gemeinsam! Leider sind wir kein Hotel, sodass ich euch keine Menüauswahl bieten kann, aber soweit ich die Kochkünste von Marcs Mutter kenne, wird sie uns nichts vorsetzen, was nicht irgendwie essbar ist!“ Caroletta lachte verschmitzt. Ihre Stimme duldete jedoch keinen Widerspruch.

Seufzend ergab sich Carmen ihrem Schicksal, letztendlich deswegen, weil alle Blicke auf ihr ruhten, bis sie zumindest den ersten Löffel des Eintopfes im Mund hatte.

„Ich mag das Zeug nicht!“, brummelte sie leise vor sich hin, obwohl sie sich innerlich eingestehen musste, noch niemals zuvor einen derartig leckeren Eintopf gegessen zu haben.

„Na also, geht doch!“ Clarissa blinzelte zu Lilian hinüber, die unmerklich den Kopf schüttelte.

„Sehr gut! Das Essensproblem wäre also vorerst gelöst“, meinte Caroletta lachend. „Wenn wir dann nachher wieder drinnen sind, werden wir uns zusammensetzen und einen Plan aufstellen, wer wann wobei hilft! Wir haben genug Arbeit hier, also wird es euch nicht langweilig werden. Jeweils zwei von euch werden für die Hilfe bei Frühstück, Mittag- und Abendessen eingeteilt, dann für Spüldienst, Pferde putzen und Stallarbeit. Natürlich wird täglich gewechselt, und ihr dürft euch jetzt schon überlegen, wer mit wem wann was tun möchte.“

„Und wann können wir dann auch mal reiten?“, fragte Mona mit glänzenden Augen.

Caroletta lächelte sie an. „Keine Bange, dafür muss ich euch nicht einteilen. Es sind genügend Pferde da, die bewegt werden dürfen, und wenn das Wetter auch nur einigermaßen mitspielt, werdet ihr sicherlich täglich in den Sattel kommen!“

„Oh supi!“ Anne klatschte vor Vorfreude in die Hände, und Florin bekam vor lauter Aufregung gleich einen Schluckauf.

„Dashicks ist echt ganz großhickse Klasse!“, brachte er unter Schwierigkeiten hervor und handelte sich hiermit ein herzliches Lachen der anderen ein.

„He, Kleiner, lern erst mal gleichzeitig verständlich zu reden und zu essen, ehe du mit dem Gedanken spielst, auf ein Pferd zu steigen“, lachte Quirin und bekam im selben Moment einen Hustenanfall, da er sich an einer Erbse verschluckt hatte.

„Hihi, das sagt der Richtige!“ Brigitta schob ihren leeren Teller ein wenig von sich weg. „Himmel, bin ich voll! Wie soll ich da nachher noch was arbeiten?“

„Faules Stück!“ Hannes boxte ihr in die Rippen. „Wie viel hast du denn gegessen? Du weißt schon ... pro Erbse musst du eine Box ausmisten!“

Brigitta stöhnte auf. „Das ist mein Untergang! Ich werde bis ans Ende meiner Tage nur noch Boxen ausmisten!“

„Gott nee, wie die übertreibt!“

Noch eine ganze Weile ging das fröhliche Gefrotzel weiter, und nach und nach tauten die Neuankömmlinge soweit auf, dass sie auch mitmachten.

„Mann, die Leute sind echt total nett!“, wisperte Philipp Florin zu, der zustimmend nickte. „Das wird hier bestimmt total supi!“

„Nee, das IST schon super!“, widersprach der Junge und erhob sich dann freiwillig, um die bereits leeren Teller vom Tisch einzusammeln. Seine Mutter hätte wohl ihre helle Freude an ihm gehabt, beziehungsweise sich gefragt, ob ihr Sohn in irgendeiner Weise krank wäre, denn zu Hause ließ er prinzipiell alles liegen.

Wie auf Kommando schoben nun auch die anderen ihre Stühle beiseite, um sich nützlich zu machen.

Marcs Mutter stemmte lachend die Hände in die Hüften und zwinkerte ihrem Sohn vielsagend zu.

„Von denen kannst du noch was lernen, mein Junge!“, meinte sie fröhlich, ehe sie sich der Spüle zuwandte, um mit dem Abwasch zu beginnen, während Caroletta bereits Geschirrhandtücher verteilte.

„Nee du“, gab Marc aufstöhnend zurück. „Bin mir sicher, dass es bei denen zu Hause auch immer einen Aufstand gibt, wenn sie was helfen müssen.“

„Wie?“

„Bei uns?“

„Niemals!“, kam es völlig unglaubwürdig zurück, und grinsend schnappte sich Marc nun einen feuchten Lappen, um den Tisch abzuwischen. „Ihr Lügner!“

Keine fünfzehn Minuten später erstrahlte die Küche in traumhafter Ordnung, und Caroletta nickte wohlwollend. „Viele Hände, schnelles Ende! Seht ihr, keiner hat sich überarbeitet, und wir haben jetzt viel Zeit für andere Dinge.“ Schnell ließ sie ihren Blick über die erwartungsvoll dreinschauenden Gesichter schweifen. „Na, dann wollen wir uns mal in den Stall begeben. Ich weiß ja, dass ihr gespannt wie Flitzbogen seid.“

„Endlich!“, wisperte Florin Philipp zu und stieß ihn in die Seite.

„Mann, hör auf. Ich hab mit Sicherheit schon unzählige blaue Flecken! Mama wird mich am Ende der Woche fragen, wer mich hier misshandelt hat.“

„Klar, und wahrscheinlich wirst du dann wieder alles auf mich schieben“, murrte Karen.

„Logisch!“, grinste ihr Bruder. „Und dann kriegst du mindestens zwei Tage Fernsehverbot!“

„Na super! Geschwister sind wirklich das Letzte!“ Mona warf ihrer Schwester Anne einen vielsagenden Blick zu.

„Genau!“, gab diese zurück und öffnete den Mund, um einen entsprechenden Kommentar zurückzugeben, doch Caroletta hob beschwichtigend die Hände.

„So, genug jetzt mit familiären Freundlichkeiten. Wenn ihr streiten möchtet, dann tut dies bitte zu Hause, aber nicht hier! Mir nach!“

„Hugh! Caroletta hat gesprochen!“, wisperte Ricky und hakte sich spontan bei Carmen, die neben ihr stand, unter. „Komm, gehen wir. Du wirst sehen, die Pferde werden dir gefallen!“

Carmen war steif wie ein Brett geworden und beäugte Ricky von oben bis unten. „Würdest du mich bitte loslassen! Ich kann das Getatsche nicht leiden!“

„Oh, sorry, wird nie wieder vorkommen!“ Ricky trat sofort einen Schritt zurück. „Wollte dir nicht zu nahe treten!“

„Bist du aber!“

„Mensch, Carmen, oder wie auch immer du heißt, jetzt stell dich doch nicht so an. Ricky wollte nur nett sein!“, meinte Quirin, der urplötzlich hinter den beiden Mädchen stand.

„Zu mir braucht man nicht nett sein!“, gab die Zwölfjährige mit hochgezogenen Augenbrauen aggressiv zurück.

„Nö, stimmt. So giftig, wie du dich hier gibst, sollte man sich das wirklich überlegen! Komm, Ricky!“

Quirin wollte Diabolos Besitzerin mit sich ziehen, doch sie schüttelte nur unmerklich den Kopf, sodass der Junge sie letztendlich schulterzuckend stehenließ und im Laufschritt den anderen nacheilte, die die Küche bereits verlassen hatten.

Marcs Mutter war ebenfalls nicht mehr da, sodass sich nur noch die beiden Mädchen in dem leeren Raum befanden.

Ricky rang mit sich und mit dem, was sie sagen wollte. Einerseits war sie wütend darüber, dass diese Carmen allem Anschein nach an allem und jedem etwas auszusetzen hatte. Andererseits versuchte sie sich in das Leben der Zwölfjährigen hineinzuversetzen. Es musste wohl unwahrscheinlich schwierig für sie sein, ohne Mutter aufzuwachsen, und irgendwie verstand Ricky sogar, warum Carmen eine so große Wand um sich herum aufbaute. Es war klar, dass sie keinen Menschen an ihre wahren Gefühle heranlassen wollte.

„Hey du, ich wollte wirklich nicht ...", begann sie, doch ein „Vergiss es!" unterbrach sie, noch ehe sie ausgeredet hatte. Verblüfft schaute sie Carmen nach, die wie von Wölfen gejagt aus der Küche rannte und die Treppe emporpolterte, ehe mit einem lauten Knall die Zimmertür zuflog.

Ratlos zuckte Ricky mit den Schultern und setzte sich nun ebenfalls langsam in Bewegung.

„Was will man da machen?", fragte sie sich, schlurfte über den Flur und wollte gerade die Tür zum Stalltrakt öffnen, als sie aus dem ersten Stock ein gedämpftes Weinen hörte.

Carmen!

„Mist!" Ricky rang mit sich selbst und starrte auf ihre Hand, die noch immer auf der Klinke lag. Sollte sie zurückgehen? Sollte sie versuchen, mit Carmen zu reden, oder wäre es besser, sie jetzt wirklich einfach alleine zu lassen, damit sie unbeobachtet ihren Schmerz herausweinen konnte?

Tausend Gedanken gingen Ricky durch den Kopf, und fast schon war sie versucht, in den Stall zu den anderen zu gehen, denn im Grunde genommen wäre ihr deren Gesellschaft und die der Pferde viel, viel lieber gewesen, als das, was sie vermutlich erwartete, wenn sie Carmens Zimmer betreten würde. Doch dann sah das Mädchen wieder Caroletta vor sich, der sie versprochen hatte, sich um Carmen zu kümmern.

„Wenn ich gewusst hätte, wie mies die tatsächlich drauf ist, hätte ich mir das wahrscheinlich noch mal überlegt", seufzte Ricky tief auf, machte dann jedoch kehrt und stieg langsam die Treppe empor.

„Oh, ist der aber süß!“ Anne stand vor Jam und konnte sich gar nicht vom Anblick des Ponys losreißen. „Haben Sie den auch vor dem Schlachter gerettet?“ Fragend schaute sie auf Caroletta, die den Kopf schüttelte.

„Nein, er und Cindy, die hier neben ihm steht, gehören Bekannten, die derzeit im Ausland leben.“

„Ach, dann darf man Jam also vermutlich gar nicht reiten, oder?“ Annes Gesicht spiegelte eine leichte Enttäuschung wider, doch als Caroletta ihr zublinzelte, machte das Herz des Mädchens einen Freudensprung.

„Wenn du möchtest, kannst du ihn für diese Woche als Pflegepferd übernehmen! Und was das Reiten betrifft: Ich denke, dass seine Besitzer nichts dagegen haben, wenn ihm ab und an ein wenig Bewegung verschafft wird.“

Jetzt war Anne nicht mehr zu halten. Stürmisch umarmte sie den kräftigen Hals des Ponys und drückte ihr Gesicht in sein Fell, während Jam genussvoll über ihren Pulli schnoberte.

„Eure Freundschaft scheint besiegelt zu sein“, lachte Caroletta und wandte sich ihren anderen Gästen zu.

„Und ihr?“, fragte sie neugierig. „Habt ihr auch schon euren Favoriten gefunden?“

„Oh ja!“ Mona deutete auf den alten Hadrian. „Wenn's Ihnen Recht ist, dann würde ich den hier nehmen! Der guckt so lieb!“

„Hadrian guckt nicht nur so, er ist auch lieb! Das trifft auch für all die anderen Pferde zu, die hier stehen! Es ist keines dabei, das schlägt, beißt oder irgendwie bösartig wäre! Gut, Mona, dann kümmerst du dich also um Hadrian.“

„Ich möchte gerne Silver!“, tönte Florin.

„Und ich Tony!“, sagte Philipp, während er ausgiebig die Stirn des Pferdes kraulte.

„Was? Tony? Ich denke, du wolltest Cindy?“ Karen schaute verblüfft auf ihren Bruder.

„Ich hab's mir gerade anders überlegt!"

„Aha! Na so ein Glück! Caroletta, kann ich dann Cindy als Pflegepferd bekommen?"

„Natürlich! So! Habt ihr alle euren vierbeinigen Schatz gefunden?"

„Madame Lisser fehlt noch! Aber die schmollt vermutlich wieder in einer Ecke", meinte Quirin und biss sich auf die Lippen, als er Carolettas strafenden Blick bemerkte. „'tschuldigung!"

„Carmen hat die Pferde vorhin schon gesehen, und ich werde sie nachher fragen, welches Tier sie übernehmen möchte."

Brigitta und Hannes schauten sich bei Carolettas Worten fragend an. „Warum hat Carmen denn eine Sonderführung im Stall bekommen?"

„Es war keine Sonderführung, es hatte sich ganz einfach ergeben!"

„Dürfen wir noch ein wenig im Stall bleiben, Frau Koszy?"

Caroletta musste lachen, als sie Annes bittendes Gesicht sah. „Keine Angst, Mädel, ihr dürft sogar noch eine ganze Weile im Stall bleiben. Ich schätze, dass in etwa einer Viertelstunde der Hufschmied kommt, und damit der gleich sieht, was Sache ist, dürft ihr jetzt erst mal der Reihe nach die Tiere aus den Boxen holen und ihnen die Hufe auskratzen, aber sorgfältig, wenn ich bitten darf. Bindet die Pferde auf dem Stallgang vor ihren Boxen an. Hufkratzer findet ihr in der Sattelkammer in den entsprechenden Putzkästen. Die Namen der Pferde stehen überall drauf, und ich möchte euch bitten, das Putzzeug auch immer wieder an seinen richtigen Platz zurückzulegen, damit man nichts suchen muss. Übrigens, ihr könnt alle Caroletta zu mir sagen! Wenn ihr Frau Koszy sagt, dann komm ich mir schon so alt wie meine eigene Großmutter vor ... na ja, gut ... viel fehlt ja nicht mehr dazu." Die Ranch-Besitzerin zwinkerte den jungen Leuten schelmisch zu. „Wo ist eigentlich Ricky?", fragte sie mit einem Mal und sah sich suchend um.

Marc, der gerade Sharazans Box verließ, zuckte mit den Schultern. „Keine Ahnung. Weit kann sie ja nicht sein. Vielleicht hat sie Mamas Eintopf nicht vertragen. Nee, quatsch! Aber was mich viel mehr interessieren würde, wäre, wo sich Gandalf schon wieder rumtreibt. Hast du ihn heute schon gesehen, Caroletta?"

„Ja, vorhin lag er noch vor dem Kamin im Wohnzimmer."

Marc atmete auf. „Dann ist's ja gut. Dachte schon, der hätte sich wieder zu einem längeren Spaziergang aufgemacht." Nur zu gut erinnerte sich der Junge, dass er vor nicht allzulanger Zeit über zwei Stunden mit seinen Freunden durch die eiskalte Winterlandschaft geritten war, um seinen Hund zu suchen, den Frau Magenta tagsüber mit auf die Ranch brachte.

Lilian bog sich vor Lachen.

„Längerer Spaziergang ist gut!", erklärte sie den umstehenden Kindern. „Uns sind fast die Hände an den Zügeln festgefroren, bis wir wieder zu Hause waren und schließlich feststellten, dass Gandalf, friedlich und von uns unentdeckt, unter der Eckbank in der Küche seinen Mittagsschlaf hielt. Den Ritt bei dieser Eiseskälte hätten wir uns somit ersparen können, aber Marc hat uns total verrückt gemacht und schon die schlimmsten Bilder vor Augen geführt."

„Er hat uns damals wirklich fast irre gemacht, wollte schon einen Suchtrupp für seinen Hund organisieren und ...", erzählte Kathi weiter, doch Marc winkte nur gelassen ab.

„Glaubt den Mädels kein Wort!", grinste er. „Die übertreiben mal wieder maßlos!"

„Von wegen!"

„Ich muss mal schauen, wo Ricky und Carmen bleiben",

meinte Caroletta und wies Quirin an, darauf zu achten, dass die Pferde richtig angebunden und deren Hufe gut ausgekratzt wurden. „Bin gleich wieder hier“, gab sie dann über die Schulter zurück, ehe sie den Stall verließ.

Ricky atmete tief durch, ehe sie vorsichtig die Türklinke hinunterdrückte und leise das Zimmer betrat, in dem Carmen weinend auf dem Bett lag und ihr Gesicht im Kopfkissen vergraben hatte.

Für einen Augenblick stand Ricky einfach nur da und starrte auf das unglückliche Mädchen vor ihr.

Wenn es doch nur nicht so schwer wäre, einen Anfang zu finden, dachte sie und suchte verzweifelt nach Worten, die Carmen hätten trösten könnten, doch es wollte ihr einfach nichts einfallen.

Nach einer Weile räusperte sie sich verhalten, um zumindest einmal auf sich aufmerksam zu machen, denn sie fand, dass Carmen zumindest das Recht darauf hatte, zu wissen, dass sie sich nicht allein in diesem Raum befand.

Erschrocken fuhr das Mädchen auf, und als es Ricky durch einen Tränenschleier hindurch wahrnahm, wurde Carmen feuerrot im Gesicht.

„Und?“, schrie sie los. „Fühlst du dich gut dabei, jemanden beim Weinen zu beobachten? Was tust du hier? Verschwinde! Ich möchte allein sein!“

„Es tut mir Leid. Ich wusste nicht, dass du ...“

„Es tut dir Leid? Na toll!“

„Carmen, kann ich dir irgendwie helfen?“

„Ja! Lass mich einfach in Ruhe! Du musst nicht die barmherzige Samariterin spielen! Ich brauche dich nicht!“

Ricky schluckte und erneut bereute sie zutiefst, Caroletta das Versprechen bezüglich Carmen gegeben zu haben.

„Ich bin keine barmherzige Samariterin, aber ich dachte, du möchtest vielleicht mal drüber reden!“

Carmens Augen blitzten hasserfüllt. „Darüber reden? Worüber? Dass ich keine Mutter mehr habe oder über das Wetter? Was willst du wissen? Wie ich mich fühle? Beschissen! Aber mach dir darüber keine Gedanken. Nach einer Woche hast du mich sowieso vergessen, wenn dir deine Mutter das Mittagessen auf den Tisch stellt! Ja, freu dich drüber, dass du deine Alte noch hast!“

Ricky biss die Zähne aufeinander. „Warum redest du so?“

„Wie?“

„Warum sagst du ‚Alte‘? Ich mag es nicht, wenn meine Mutter so bezeichnet wird!“

„Dann nenne sie doch so, wie du willst. Lass mich einfach in Ruhe, dann haben wir kein Problem!“ Carmen wandte ihr Gesicht ab, putzte sich geräuschvoll die Nase und schaute demonstrativ zum Fenster, in der Hoffnung, dass Ricky wieder hinausgehen würde. Nach einer Weile, als sie nur Stille um sich herum fühlte, drehte sie sich wieder um, doch Ricky stand noch immer am gleichen Platz wie vorher.

„Kannst du nicht endlich gehen? Bitte“, sagte Carmen nachdrücklich, doch Ricky starrte sie nur an.

„Du hast sie sehr geliebt, nicht wahr?“, fragte sie leise, doch die Zwölfjährige verzog nur verächtlich ihr Gesicht.

„Geliebt? Nee, ich hab sie regelrecht gehasst! Sie war böse, hat mich geschlagen und war für mich alles andere, als eine gute Mutter! Zufrieden?“

Rickys Gesicht wirkte versteinert und ließ nicht erkennen, was sie bei diesen Worten tatsächlich empfand. „Warum erzählst du so einen Mist? Glaubst du, damit wird die ganze Sache einfacher für dich?“

Carmen atmete heftig aus. „Was weißt du schon? Und was willst du hören? Ja, ich hatte eine wundervolle Mutter! Bist du jetzt zufrieden?“

„Nein!“

Carmens Blick wanderte ruhelos durch das Zimmer, ehe er starr an Rickys Augen hängenblieb.

„Du wirst nie verstehen, was in mir vorgeht! Keiner wird das! Zumindest keiner, der nicht das Gleiche erlebt hat wie ich!“ Sie machte eine Pause, wobei Ricky sich davor hütete, auch nur einen Mucks von sich zu geben.

„Hast du jemals erlebt, wie das ist, wenn ein Mensch stirbt? Ich meine, wie ein Mensch Tag für Tag ein bisschen mehr stirbt? So ganz langsam? Stück für Stück? Wenn du siehst, wie ein Mensch, der so unwahrscheinlich wichtig für dich ist, jeden Tag weniger wird ... wenn sein Gesicht einfällt ... ihm die Haare ausgehen ... Ricky Soundso, wie auch immer du heißt, ich hab's schon wieder vergessen! ... Du hast keine Ahnung, was es heißt, so etwas zu erleben ... über Wochen und Monate hinweg ...“ Carmens Stimme wurde immer leiser, und sie schien fast wie in Trance zu sprechen, gleichförmig, plötzlich emotionslos, als wenn ein anderer für sie reden würde.

Ricky wagte kaum zu atmen, jedoch fühlte sie, wie ihr Herz plötzlich bis zum Hals hinauf schlug.

Mein Gott, dachte sie. Sie redet nicht über irgendeinen Film, irgendeinen Krimi, sondern über ihre Mutter! Wenn ich mir das vorstelle, Himmel nein! Bloß sowas nicht! Immer denkt man, so etwas kann einen selbst nicht treffen, und hier steht ein Mädchen, das mir den Tod seiner Mutter beschreibt.

„Sie war ein wundervoller Mensch, aber sie hat mich allein gelassen! Mich und Papa! ... Warum hat sie das getan? Warum nur? Das ist nicht fair! Ich meine, warum ist sie einfach so gestorben? Das war gemein von ihr! Hundsgemein!“ Carmen löste sich aus ihrer Erstarrung und schaute Ricky in verzweifelter Wut an, während sie kaum merkte, dass unstillbare Tränen über ihre Wangen flossen.

Ricky konnte den Schmerz des Mädchens regelrecht

selbst wahrnehmen und hätte am liebsten mitgeweint, doch sie wusste, dass Carmen damit nicht geholfen wäre.

Langsam trat sie einen Schritt auf sie zu und legte ihr zögerlich die Hand auf ihre Schulter. „Carmen ... das tut mir so Leid!“, brachte sie leise hervor. „Ich weiß, wie du dich fühlst.“

„Nichts weißt du! Du kannst es gar nicht wissen!“

Ricky nickte. „Du hast Recht. Ich kann es nicht wissen, aber ich kann mir vorstellen, wie ...“

„Du kannst es dir auch nicht vorstellen! Niemand kann das, wenn er es nicht selbst erlebt hat!“

Rickys Gehirn arbeitete auf Hochtouren. Sie hatte keinen blassen Schimmer, was sie zu Carmen sagen könnte, um sie ein wenig zu beruhigen.

„Okay“, begann sie erneut. „Ich hab keine Ahnung, wie es ist, einen Menschen zu verlieren, und ich kann auch nicht nachvollziehen, wie du dich fühlst, aber ich sehe, wie unglücklich du bist, wie verzweifelt und wie du versuchst, dich selbst zu verstehen.“

„Quatsch keinen Mist! Der einzige Grund, warum du hier stehst, ist die Neugier darüber, warum ich kein Friede-Freude-Eierkuchen-Gesicht wie die anderen drauf hab! Gut. Ich hab’s dir jetzt gesagt. Weiß der Geier, warum ich das getan hab. Und jetzt lass mich bitte in Ruhe! Ich brauche dich nicht! Ich brauche niemanden! Der einzige Mensch, der mir helfen könnte, ist tot! Verstehst du? Er ist tot! Gegangen! Hinüber! Einfach so ... Ich hasse sie dafür!“

„Nein, das tust du nicht!“

„Doch!“

„Carmen, das glaube ich nicht! Du weißt, dass man gegen manche Krankheiten den Kampf einfach verliert. Ich bin sicher, dass deine Mutter lieber bei euch geblieben wäre!“

„Ach komm, hör auf! Ich möchte nicht mehr weiter darüber reden!“

„Es ist aber gut, wenn du über die ganze Sache sprichst. Manchmal hilft es einfach, und ...“

„Du laberst wie mein Vater! Der kapiert auch nichts von dem, was in mir vorgeht!“

Ricky schaute das Mädchen lange an.

„Hast du dir schon mal Gedanken darüber gemacht, dass er in sich das Gleiche fühlt wie du? Schließlich hat er seine Frau verloren! Aber davon mal abgesehen, wie soll er oder irgendein anderer etwas verstehen, wenn du selbst nicht kapierst, was in dir vorgeht?“, fragte sie leise. „Und weil du deine Gefühle selbst nicht einordnen kannst, kapselst du dich ab, spielst die Unnahbare, und jeder denkt, du bist eine arrogante, unzufriedene Nuss. Dabei bist du nur traurig und verzweifelt, aber dafür kann kein anderer was! Es ist nicht fair, wenn du das an deinen Mitmenschen auslässt, so schlimm diese ganze Situation auch für dich ist.“

Carmen schlug die Hände vors Gesicht. Lautlos weinte sie sich ihren Schmerz von der Seele, während sie keinen klaren Gedanken mehr fassen konnte. Alles war für sie so sinnlos geworden, und Rickys Worte hatten ihr nur das bestätigt, was sie schon seit Monaten in den Augen ihrer ehemaligen Freunde lesen konnte. Unzufriedenheit und Arroganz beherrschten ihr momentanes Leben, zumindest nach außen hin, doch Ricky schien die Einzige zu sein, die bemerkt und erkannt hatte, dass dies alles nur eine billige Fassade um ihr Herz herum war, die sie aufgebaut hatte, um ihre wahren Gefühle zu verstecken.

„Komm her“, sagte Ricky auf einmal mit leiser, weicher Stimme und zog die Zwölfjährige einfach zu sich heran. Sanft schob sie ihre Hand unter deren Kinn und zwang sie mit leichtem Druck dazu, zu ihr aufzuschauen.

„Carmen, ich glaube, ich verstehe dich mehr, als du denkst“, flüsterte Ricky. Vorsichtig nahm sie sie in die Arme und strich ihr etwas unbeholfen über den Rücken. „Es wird alles gut, glaub mir", sagte sie stockend und fühlte hierbei, wie sie selbst um ihre Fassung rang. Immer wieder holte sie Luft, um noch etwas zu sagen, aber die richtigen Worte wollten nicht über ihre Lippen kommen, also schwieg sie und hoffte, dass Carmen sich wieder beruhigen würde.

Irgendwann, nach ewig langer Zeit, wie es Ricky erschien, löste sich Carmen aus ihren Armen und streckte sich völlig ermattet auf ihrem Bett aus.

„Danke", flüsterte sie kraftlos, ohne die Augen zu öffnen.

Ricky versuchte ein Lächeln.

„Ist schon okay. Ich werde jetzt mal wieder zu den anderen gehen, ja?" Sie wollte sich erheben, doch mit einem Mal schaute Carmen sie flehentlich an.

„Bitte, Ricky ... Bitte bleib noch." Zitternd griff sie nach der Hand der Vierzehnjährigen und hielt sich daran fest wie eine Ertrinkende.

Ricky schluckte und nickte dann. „Okay, wenn du das wirklich möchtest."

Carmen nickte dankbar und schloss erschöpft ihre Augen.

Als Caroletta kurze Zeit später leise die Tür öffnete und in das Zimmer spähte, fand sie beide Mädchen schlafend nebeneinander auf dem Bett liegend vor, wobei Ricky wie schützend einen Arm über Carmen gelegt hatte.

„Ich wusste doch, warum ich dich darum gebeten hatte, dich um das Mädchen zu kümmern", sagte Caroletta in Gedanken mit einem Lächeln , ehe sie die Tür wieder leise hinter sich zuzog.

Kapitel 4

„Du sag doch mal, was ist diese Ricky eigentlich für ein Mensch?“, fragte Lina so ganz nebenbei Lilian, während die beiden Mädchen an Hollis Box lehnten und zuschauten, wie der Schmied Leon der Schwarzwälderstute Sheila gerade die Hufe ausschnitt.

„Wie meinst du das?“ Lilian hatte gar nicht richtig zugehört, denn Leons Art, mit dem widerspenstigen Tier umzugehen, faszinierte sie unwahrscheinlich.

„Ho ho, meine Maus, nun bleib doch endlich mal stehen! Du hast es doch gleich überstanden!“, ertönte gerade Clarissas Stimme, doch ihr Pflegepferd entzog ihr immer und immer wieder den Huf.

„Mädel, so wird das nichts! Da stehen wir ja morgen noch hier!“ Leon richtete sich auf und grinste seine verschwitzte Helferin an. „Die Jugend von heute hat keine Muckis mehr. Kann noch nicht mal den Huf eines kleinen Pferdchens für eine Weile lang festhalten!“

„Könnte schon, wenn Sheila endlich mal stillhalten würde!“, keuchte Clarissa außer Atem.

„Soll ich dir behilflich sein?“ Hannes wartete Clarissas Antwort gar nicht erst ab, sondern stellte sich gleich an Sheilas Seite.

„So, meine Süße, jetzt zeigen wir deiner Reiterin mal, wie man das richtig macht, was?“ Gezielt strich er an Sheilas Hinterhand nach unten, ehe er den Hinterhuf aufnahm und sich ganz professionell in Positur stellte.

Leon musste sich das Lachen verkneifen. „Dass ihr jungen Männer immer den Mädels imponieren wollt, aber nun gut. Mir soll's egal sein, wer mir assistiert, und ich bin gespannt, wie lange Sheila bei dir ruhig hält!"

„Bis wir fertig sind", wollte Hannes gerade siegesgewiss sagen, als Sheila ihr gesamtes Gewicht auf Hannes verlagerte und mit Schwung auskeilte, sodass der Junge dann doch den Huf loslassen musste.

„Mist!" Hannes gab dem Pferd einen derben Klaps, was Leon mit einem strafenden Blick quittierte.

„Warum tust du das?"

„Sie muss doch wissen, dass es nicht richtig war, was sie getan hat", gab Hannes zurück.

„Und du meinst, dass es wirklich hilft, wenn du ihr einen Schlag verpasst?"

„Schlag? Das war doch kein Schlag! Das hat Sheila doch kaum gespürt!", versuchte sich Hannes zu verteidigen.

„Wenn sie es kaum gespürt hat, dann wäre das doch sinnlos gewesen, oder? Und wenn doch, so wird sie die Situation nur so einschätzen können, dass sie das Hufeaufheben mit Erschrecken kombiniert. Folglich wird sie sich in Zukunft gut überlegen, ob sie ihre Hufe überhaupt noch hergibt. Und wenn ja, wird sie so schnell es ihr möglich ist, sie auch wieder entziehen, denn sie möchte ja schließlich keinen weiteren Schreckmoment erleben!"

„Quatsch, oder? Sie wird den Klaps mit dem Wegziehen des Hufes in Verbindung bringen!"

Leon schüttelte den Kopf.

„Nein, junger Mann! Das glaubst du zwar so in deinem menschlichen Gehirn oder erhoffst es dir. Ein Pferd jedoch denkt nicht logisch. Es schafft nur Zusammenhänge mit der Grundsituation", erklärte der Hufschmied, während sich die umstehenden Kinder anschauten.

„Glaubst du das?", fragte Anne ihren Bruder leise, doch der zuckte lediglich mit den Schultern.

„Keine Ahnung!", wisperte er zurück und beobachtete gespannt, wie Hannes einen nächsten Versuch startete, der jedoch genauso endete wie der vorherige. Hannes hatte Glück, dass Sheilas Huf knapp an seinem Kopf vorbeizischte, als sie ihrem Unmut Luft machte.

„Und das soll ich jetzt toll finden, oder wie?" Der Junge war wütend, und wenn er alleine gewesen wäre, hätte er Sheila jetzt einen Tritt verpasst.

Das Tier legte die Ohren flach an den Kopf, während es mit rollenden Augen auf Hannes starrte.

Leon schüttelte seinen Kopf. „Nein, toll ist das nicht, aber sie hat deinen Schlag nicht vergessen."

„Vielleicht liegt's daran, dass Sheila keine Männer mag", versuchte Clarissa ihr Pflegepferd zu verteidigen. „Ich glaube, da, wo sie herkommt, ist man nicht gerade liebevoll mit ihr umgegangen!"

„Umso sanfter muss man jetzt mit dem Tier umgehen! Was sagst du? Sie mag keine Männer?" Leon trat neben Clarissa.

„Lässt du mich mal einen Moment mit ihr allein?", fragte er freundlich und band Sheila von der Box los.

„Ja schon, aber seien Sie vorsichtig!", sagte das Mädchen. „Wie gesagt, sie ..."

„Sie mag keine Männer! Ich weiß. Keine Angst, Clarissa!" Leon lächelte und wartete ab, bis das Mädchen ein paar Schritte zurückgetreten war, dann schaute er Sheila lange an, ohne etwas zu sagen. Die Kinder hörten, wie er leise auf sie einsprach, wobei ihm das Tier seine ganze Aufmerksamkeit schenkte und sich nach ein paar Minuten zu entspannen schien.

„Na? Bist du bereit? Können wir?", fragte Leon sanft und ließ den Strick zu Boden gleiten.

Clarissa, die dies sah, wollte sofort hinlaufen, um Sheila zu halten, doch Leon winkte ab.

„Bleib stehen!“

„Aber ...“

„Bleib stehen!“, sagte er erneut, ehe er sich bückte, um sein Hufmesser vom Boden aufzuheben. Dann trat er neben die freistehende Sheila und nahm den ersten Huf auf.

„Faszinierend!“, flüsterte Lilian und auch durch die anderen ging ein anerkennendes Raunen.

Leon konnte ein Bein nach dem anderen problemlos anheben, und gelöst stand Sheila wie eine Statue, bis das Horn an allen vier Hufen bearbeitet war, ohne dass der Schmied hierbei Hilfe benötigte. Dann trat er wieder vor das Pferd und lobte es überschwänglich.

„Hab dir doch gesagt, dass es nicht wehtut, oder? Das nächste Mal, wenn ich wiederkomme, weißt du das, Sheila! Danke, dass du so schön mitgearbeitet hast!“

„Das gibt's doch echt nicht!“ Hannes konnte nur noch den Kopf schütteln. „Was hast du mit ihr gemacht? Hast du sie hypnotisiert oder so?“

Leon schaute ihn vielsagend an. „Du musst nur lernen, dich in ein Pferd hineinzuversetzen, einfach versuchen, es zu verstehen, seine Ängste, seine Regungen. Dann musst du selbst zur Ruhe kommen, damit du dem Tier genau diese Ruhe vermitteln kannst, denn du stellst die Sicherheit dar, die das Pferd benötigt, um selbst Sicherheit und Ruhe zu erlangen. Ja, und dann rede mit dem Tier! Es versteht alles, was du sagst!“

„Ich dachte, Pferde können nicht logisch denken, also wie sollten sie dann wohl verstehen, was man sagt, noch dazu in unserer Sprache?“

„Es ist völlig egal, in welcher Sprache du sprichst! Das Tier versteht den Sinn der Worte über deine Ausdrucksweise. Vermittle ihm das, was du ihm sagen möchtest, nicht nur über deine Stimme, sondern auch über dein Gefühl. Du kannst sicher sein, dass das, was du ihm mitteilen möchtest, bei ihm ankommt, und, Hannes, man muss kein Tier schlagen, denn damit erreicht man prinzipiell nur das Gegenteil von dem, was man möchte!"

Langsam nahm Leon nun den Anbindestrick wieder in die Hand und hielt ihn Clarissa hin. „Hier, jetzt kannst du dein Pferdchen wieder in die Box zurückführen!"

„Das ist ja unglaublich!" Marc und Kathi waren mindestens genauso begeistert von Leon wie Lilian.

„Also?", meldete sich Lina zu Wort.

„Was also?"

„Na, du hast meine Frage nicht beantwortet!"

„Was für eine Frage?" Lilian schaute etwas verwirrt.

„Ich wollte wissen, was Ricky für ein Mensch ist!"

„Ach ja. Das hatte ich total vergessen. Ricky ... eigentlich musst du sie dir nur anschauen, dann erübrigt sich deine Frage", meinte Lilian ohne nachzudenken.

„Toll! Danke für das Gespräch! Jetzt weiß ich's aber ganz genau!" Lina verdrehte die Augen.

„Hihi, guck nicht so! Es stimmt, was ich gesagt hab. Ricky ist eine super Freundin mit einem riesengroßen Herzen. Auf sie ist stets Verlass und sie ist immer für einen da, wenn man Hilfe braucht."

„Aha. Kommt sie sich deshalb wie was Besseres vor?"

„Was?" Lilian runzelte die Stirn. „Ricky was Besseres? Das ist der beste Witz, den ich seit langem gehört hab. Wie kommst du denn da drauf?"

„Ich hab halt so den Eindruck! Wo ist sie überhaupt?"

„Keine Ahnung, aber wenn Ricky nicht bei ihrem Diabolo ist, dann wird's schon einen Grund dafür geben!"

Lina wandte sich dem riesigen Rappen zu.

„Diabolo", sagte sie verträumt. „Schade, dass er ausgerechnet Ricky gehört!"

Lilian wurde bei diesen Worten ein wenig ungehalten. „Sag mal, was hast du eigentlich gegen sie? Du kennst sie doch überhaupt nicht. Und nur, weil sie dich auf ihrem Pferd nicht reiten lässt, heißt das noch lange nicht, dass sie deswegen eine blöde Kuh ist!“

„Das hab ich nicht gesagt!“, versuchte sich Lina zu verteidigen.

„Aber gedacht, wenn ich dich so anschaue!“

„Hm, stimmt.“

Lilian schüttelte ihren Kopf.

„Na ja, ehrlich bist du wenigstens, aber deine geringschätzige Meinung über einen Menschen, den du überhaupt nicht kennst, macht dich auch nicht gerade sympathisch!“ Mit diesen Worten ließ sie das Mädchen stehen und lief zu Kathi und Marc hinüber.

„Was machst denn du für ein Gesicht? Bist du in einen Topf mit sauren Gurken gefallen?“ Kathi lachte Lilian fröhlich entgegen, doch die winkte nur ab.

„Ich habe das blöde Gefühl, dass diese acht Tage hier nicht ganz problemlos ablaufen werden“, unkte die Ältere.

„Wieso? Was meinst du? Ich versteh nur Bahnhof.“ Marc schaute Lilian fragend an.

„Ich glaube, dass Lina Probleme wegen Ricky machen wird. Ich hab das Gefühl, dass sie eifersüchtig darauf ist, dass Diabolo Ricky gehört.“

„Ach nee, quatsch! Lina ist ganz okay, denke ich.“

„Na, hoffentlich denkst du da richtig!“

Als Ricky aus ihrem ungeplanten Mittagsschlaf erwachte, fand sie den Platz neben sich leer vor. Ruckartig setzte sie sich auf und versuchte sich das Gespräch mit Carmen wieder ins Gedächtnis zurückzuholen.

„Puh, das war ganz schön heftig, was sie mir da erzählt hat“, sagte sie leise zu sich selbst, ehe sie das Zimmer verließ.

Als sie die Treppe hinunterlief, hörte sie bereits die fröhlichen Stimmen der Ranch-Gäste und Marcs unverkennbares Lachen, das aus dem Wohnzimmer drang.

„Guten Morgen, Schlafmütze!“, trötete ihr Florin respektlos entgegen, als sie eintrat.

„Mensch, Ricky, wirst du alt? Wie kann man denn um diese Uhrzeit schlafen?“ Kathi grinste.

„Du hast echt was versäumt. Der Hufschmied hat Sheila hypnotisiert!“ Quirin schlug sich auf die Schenkel und hob in nachträglicher Anerkennung den Daumen.

„Wie, was, hypnotisiert?“ Ricky schüttelte ihren Kopf. Irgendwie war sie noch immer zu sehr verschlafen, als dass sie Quirins Worte hätte verstehen können. „Ich glaube, mich hat auch jemand hypnotisiert“, stellte sie gähnend fest. „Hat jemand Carmen gesehen?“

„Was willst denn mit diesem Giftbrocken? Wir sind froh, solange sie uns nicht unsere gute Laune verdirbt!“, sprach Mona genau das aus, was die anderen dachten.

Caroletta, die in ihrem tiefen Ohrensessel saß, runzelte die Stirn. „Mona, ich hatte darum gebeten, dass wir respektvoll miteinander umgehen!“

„Sorry, Caroletta, aber du musst doch zugeben, dass sie nicht gerade ein strahlender Sonnenschein ist, und seltsamerweise geht unser Stimmungsbarometer immer gleich nach unten, wenn sie auf der Bildfläche erscheint.“

„Genau!“, pflichtete Brigitta dem Mädchen bei. „Vorhin kam sie nur hier rein, um sofort wieder rumzustänkern!“

„Was hat ihr denn nicht gepasst?“, fragte Ricky, inzwischen hellwach geworden.

„Na, sie hat sich drüber beschwert, dass du sie wohl genervt hast. Hast du?“

Ricky schaute Brigitta verständnislos an, ehe ihr Blick zu Caroletta weiterwanderte, die mit dem Kopf schüttelte.

Sag ihnen nichts!, sollte dies wohl heißen, und so räusperte sich Ricky geräuschvoll, ehe sie zur Decke blickte.

„Ja, schon irgendwie!“, meinte sie und wusste, dass es zumindest Marc, Kathi und Lilian in diesem Moment klar war, dass dies nicht der Tatsache entsprach. „Ich wollte einfach, dass sie nicht immer Außenseiter spielt und mit ihr darüber reden, aber das war wohl nichts.“

„Kann man mit der überhaupt reden?“, fragte Hannes nach und setzte aufgrund Carolettas strafendem Blick sogleich hinzu: „Okay, tut mir Leid!“

„Und wo ist sie jetzt?“, wollte Ricky dennoch wissen, doch keiner wusste eine Antwort auf ihre Frage.

„Wenn sie nicht im Zimmer ist, wird sie wohl in den Stall gegangen sein“, vermutete Caroletta.

„Ich dachte, wir sollen nicht alleine dorthin gehen?“, fragte Karen frei heraus.

„Genau! Caroletta, du hast gesagt, dass uns immer einer der Großen begleiten soll, und dass wir nicht alle fünf Minuten zu den Pferden rennen sollen, weil auch sie ihre Ruhezeiten haben“, fügte Philipp hinzu.

„Ja, so hast du es gesagt! Und warum darf Carmen allein in den Stall? Das ist unfair!“ Florin, der nichts lieber getan hätte, als den Rest des Tages bei Silver zu verbringen, schaute Caroletta nun mit großen Augen an.

„Also, junger Mann, erstens ist hier überhaupt nichts unfair, zweitens habt ihr euch bereits euer Pflegepferd für die folgende Woche aussuchen können, im Gegensatz zu Carmen, die dies vermutlich in diesem Augenblick tut, und drittens habe ich ihr die Erlaubnis gegeben, schon mal vorauszugehen, bis Ricky nachkommt.“

„Ähem, ja, das stimmt. Tut mir echt Leid, Caroletta, dass ich total verpennt hab. Hab’s total vergessen, dass ich mit Carmen in den Stall sollte. Bin schon unterwegs!“ Ricky machte auf dem Absatz kehrt und verschwand, bevor ihr noch jemand eine Frage stellen konnte.

„So, da dieses Problem jetzt hoffentlich geklärt ist, wollen wir uns nun endlich mal um die Arbeitsliste kümmern", schlug Caroletta vor. „Wie gesagt, wir teilen uns in so genannte Hilfsdienste ein: Kochen, Abwasch, Stall. Wir benötigen dafür täglich zwei Personen und zwar jeweils dreimal am Tag. Für die Stallarbeit werden vier Leute eingeteilt."

„Hihi, Quirin und Hannes müssen auch beim Kochen helfen! Ich lach mich kringelig!" Lina prustete lautstark heraus.

„Und Marc auch! He, vielleicht kann dir deine Mutter ein Schürzchen leihen", grinste Kathi, ehe sie sich sicherheitshalber gleich zum ersten Dienst meldete. „Ich übernehme freiwillig den Abwasch heute Abend. Wer macht mit?"

„Ich!" Mona hob ihre Hand. „Wenn ich mit dir zusammenarbeite, muss ich nicht mit Carmen zusammen sein."

„Gut. Und wer hilft das Abendessen herzurichten?"

„Ich glaube, das bringe ich mal gleich hinter mich", seufzte Quirin.

„Oh, mit Quirin wird das bestimmt lustig! Ich mach mit!" Philipp strahlte den großen Jungen an, den er sich als heimliches Vorbild erwählt hatte.

Caroletta lächelte. „Und um den Stalldienst heute Abend werdet ihr euch vermutlich prügeln, oder?"

„Ich geh in den Stall!", rief Florin auf der Stelle aus.

„Ich auch!", setzte Marc umgehend hinzu.

„Und ich!", tönte Lilian fast zur gleichen Zeit mit Lina.

„Wie schön! Dann wäre zumindest mal für den heutigen Tag alles organisiert. Jetzt werden wir noch gleich die Einteilung für den morgigen Tag machen, und wenn wir das haben, würde ich vorschlagen, kochen wir uns eine große Kanne Tee und verputzen diesen herrlichen Kuchen, den Marcs Mutter für uns gebacken hat. Dabei können wir ein wenig über uns erzählen, damit wir uns kennen lernen", schlug Caroletta vor und schaute in eifrig nickende Gesichter.

„Danke, Caroletta! Vielen herzlichen Dank auch!“, brummelte Ricky missmutig vor sich hin, während sie die Tür zum Stalltrakt öffnete. „Mir bleibt aber auch nichts erspart!“ Ihr ganzes Mitgefühl, das sich in ihr für Carmen während des gemeinsamen Gespräches aufgebaut hatte, war verpufft, nachdem sie gehört hatte, dass sie das Mädchen angeblich genervt haben soll.

„Toll! Echt super!“ Etwas lauter als geplant ließ Ricky die Verbindungstür ins Schloss fallen, sodass die Köpfe der Pferde neugierig nach oben flogen, als sie den Stall betrat.

Diabolo, der seine Besitzerin sofort erkannte, ließ bei Rickys Anblick ein lautes Begrüßungswiehern erschallen und scharrte ungeduldig mit dem Vorderhuf die Einstreu zur Seite, bis das Mädchen endlich vor ihm stand und ihm liebevoll den weit über den Boxenrand gestreckten Hals tätschelte.

„Na, mein Guter, hast du mich schon vermisst? Komm, hör auf, deine Box umzugraben. Das bringt doch nichts!“

Während sie nun ausgiebig ihr Pferd kraulte, ließ Ricky ihren Blick durch den Stall schweifen, doch sie konnte Carmen nirgends entdecken.

„Mist. Wo steckt sie nur?“

Diabolo schaute sie aus seinen großen, braunen Augen wissend an, doch leider konnte er ja nicht reden.

„Süßer, ich komme gleich wieder. Muss erst mal gucken, dass ich Madame Lisser irgendwo finde.“

Der Rappe schien regelrecht beleidigt zu sein, als sich Ricky so schnell schon wieder entfernte, doch kaum hatte sie den Stall verlassen, wurde er von anderen Händen liebkost.

Carmen, die sich in seiner Box in eine der vorderen Ecken gedrückt hatte, war nun aufgestanden und streichelte Diabolo über den kleinen weißen Stern auf seiner Stirn.

„Glück gehabt! Sie hat mich nicht gesehen! Danke, du Schöner, dass du mich nicht verraten hast!“ Carmen lächelte, ehe sie schnell aus der Box schlüpfte und den Stall durch den Vordereingang verließ, um Ricky nicht in die Arme zu laufen. Als ihr die Kälte entgegenschlug, musste die Zwölfjährige erst ein paarmal tief durchatmen, um ein augenblickliches Zittern zu unterdrücken. Dann zog sie ihre dicke Jacke noch ein Stückchen enger um sich, ehe sie sich, so schnell es der tiefe Schnee zuließ, vom Hof weg bewegte, ohne jedoch genau zu wissen, wohin sie gehen wollte.

„Ihr könnt mich alle mal!“, sagte sie leise, mit einem letzten Blick auf das Gebäude.

Nach etwa einer halben Stunde schaute Caroletta auf die alte Wanduhr über dem Kamin.

„Marc, tu mir den Gefallen und spring mal schnell rüber in den Stall. Sag den Mädels, dass sie sich von den Vierbeinern losreißen und hier herüberkommen sollen. Sag ihnen, dass wir hier mit Tee und Kuchen auf sie warten!“

Rickys Freund sprang auf. „Okay, bis gleich! Aber lasst mir noch ein Stück übrig! Mamas Apfelkuchen ist mein absoluter Favorit!“

„Du Fressbär! Keine Angst, du kommst schon nicht zu kurz“, lachte Lilian.

„Ist der immer so?“, fragte Brigitta interessiert.

„Nee du, meistens ist er noch viel schlimmer“, gab Kathi ernsthaft zurück und griff sicherheitshalber schon nach dem zweiten Kuchenstück. „An eurer Stelle würde ich mich ranhalten. Wenn der nachher zu essen beginnt, schaut ihr womöglich in die Röhre! Der kann nämlich Portionen vertilgen, von denen ihr noch nicht mal träumen könnt!“

Marc riss die Tür zum Stall auf.

„He, Ricky, ihr sollt ... Ricky?“ Erstaunt schaute er auf den leeren Stallgang. „Hallo-o, wo seid ihr denn? In der Sattelkammer? ... Nee, hm.“ Ratlos stand der Junge für einen Moment da. Gerade, als er wieder zurücklaufen wollte, kam Ricky, etwas blass um die Nase, herein.

„Mensch, wo steckt ihr denn? Caroletta schickt mich, ich soll euch sagen ...“

„Carmen ist weg!“, fiel ihm Ricky ins Wort.

„... dass es Tee und Kuchen gi... Moment mal, was hast du gerade gesagt?“ Marc realisierte erst in diesem Augenblick, was Ricky gesagt hatte.

„Carmen ist weg!“

„Wie weg?“

„Na eben weg! Verschwunden! Unauffindbar!“

„Nee!“

Ricky verdrehte die Augen. „Meinst du etwa, ich mache Witze? Ich renne seit einer halben Stunde durch das gesamte Haus, sämtliche Räume, die Stallung und finde sie nicht! Also: Sie muss weg sein!“

„Das gibt’s doch wohl nicht! Hast du wirklich überall nachgesehen? Auch auf dem Speicher? In der Tenne?“

„Wenn ich sage, dass ich alles durchsucht habe, dann meine ich das auch so! Ich kann sie nicht finden! Aber wo ist sie? Ich meine, sie wird wohl kaum nach Hause gelaufen sein, oder?“ Ricky biss sich auf die Lippen. Wenn sie doch nur wach geworden wäre, als Carmen das Zimmer verlassen hatte.

„Los, komm mit. Wir müssen das sofort Caroletta sagen.“ Marc fasste seine Freundin bei der Hand, und gemeinsam liefen sie schnell ins Wohnhaus zurück und platzten gleich darauf in die fröhliche Gesellschaft.

„Carmen ist weg!“, wiederholte Ricky, doch dieses Mal etwas lauter, um die Stimmen der anderen zu übertönen.

Caroletta schaute mindestens ebenso ungläubig wie Marc vor wenigen Augenblicken. „Wie kommt ihr denn darauf? Das kann nicht sein!“

„Ist aber so. Ich hab alles abgesucht! Sie ist nirgends!“

Inzwischen waren die Reiterfreunde allesamt verstummt.

„Könnte es nicht sein, dass Carmen nur einen auf wichtig macht?“, wagte Mona einen zaghaften Vorstoß.

„Das kann ich mir nicht vorstellen. Was würde ihr das bringen? Ihr habt ja selbst gehört, dass sie ihre Ruhe haben möchte, also denke ich nicht, dass sie allzugroßen Wert darauf legt, dass sechzehn Leute auf die Suche nach ihr gehen.“ Caroletta schüttelte ihren Kopf. „Aber merkwürdig ist es natürlich schon, dass sie sich einfach so verzogen hat, ohne wenigstens mir Bescheid zu sagen.“

„Aber wo kann sie stecken?“ Anne schaute sorgenvoll drein.

„Überall und nirgends“, gab Quirin als geistreiche Antwort.

„Na prima! Hundert Punkte für diese Aussage! Ich finde das überhaupt nicht witzig!“ Rickys Augen blitzten.

„Vielleicht ist sie ja nur ein wenig spazieren gegangen.“ Hoffnungsvoll wandte sich Karen an Caroletta, deren Gesichtszüge auf einmal wie versteinert wirkten.

„Ja, das wäre möglich. Hoffen wir, dass es so ist“, antwortete sie, während ihr Blick sich mit dem von Ricky traf.

„Sollen wir sie im Umkreis suchen gehen?“

„Nein!“ Caroletta winkte ab. „Zumindest nicht jetzt! Ich würde vorschlagen, wir nehmen zuerst noch einmal das gesamte Haus auseinander, den Stall, den Schuppen und schauen überall nach, wo man sich verstecken könnte.“

„Aber ich hab doch schon ...“

„Ricky, ich weiß! Wir werden trotzdem noch einmal alles auf den Kopf stellen. Wir müssen das Mädchen finden, und wenn wir zehnmal das Haus durchpflügen müssen! Also, los geht’s! Schaut überall hin, auch unter Betten, hinter Schränke, in die Pferdeboxen, einfach überall dorthin, wo sie sein könnte. Ich hoffe, wir finden sie, denn sonst haben wir ein Problem.“

Die Kinder nickten betreten und verließen umgehend das Wohnzimmer, um mit der Suche zu beginnen. Lediglich Quirin stand noch zögernd vor Caroletta.

„Was ist mit Carmen los? Caroletta, du weißt doch mehr über die Gäste als wir, und mit diesem Mädchen stimmt irgendwas nicht, das hab ich im Gefühl!"

„Dein Gefühl trügt dich nicht, Quirin! Ich werde es dir sagen, wenn ich denke, dass es an der Zeit dafür ist. Doch momentan ist es erst mal wichtig sie zu finden."

Der Junge nickte.

„Ist gut." Und schon war auch er verschwunden.

Mann, ist das kalt, dachte Carmen, während ihre blauen Lippen fröstelnd bibberten und die Zähne in gleichmäßigem Rhythmus leicht aufeinanderschlugen.

Sie hatte sich noch nicht sonderlich weit vom Hof entfernt und konnte noch den Rauch des Kamins über den kahlen Baumwipfeln aufsteigen sehen. Sehnsüchtig dachte sie daran, wie die anderen jetzt wohl in Carolettas warmer Stube zusammensaßen und sich wohl irgendwelchen Quatsch erzählen würden.

Sie vermissen mich wahrscheinlich noch nicht einmal, dachte sie und schlug die klammen Hände gegeneinander, um ihre tauben Finger wiederzubeleben. Ich bin ihnen egal! Völlig egal! Papa, warum hast du mich überhaupt hierher gebracht? Ich wollte das nicht! Und diese Ricky ... ich hab ihr alles erzählt. Oh Mann, warum bloß? Sicherlich hat sie den anderen inzwischen alles brühwarm weitergegeben, sodass mich alle nur noch mit diesen blöden, mitleidigen Blicken durchbohren werden ... Ich ertrage das nicht! Ich will nach Hause!

Carmen bemerkte, dass ihr Kopf immer heißer wurde, je mehr sie zu frieren begann. Der tiefe Schnee war mittlerweile über den Rand ihrer Stiefel gekrochen, sodass Hose und Socken bereits völlig durchnässt waren und sich das Gefühl der Kälte in ihrem Körper noch verstärkte.

Als ein paar Minuten später ein regelrechter Eisregen vom Himmel niederging, fühlte sich Carmen innerhalb kürzester Zeit wie zu einem Eiswürfel erstarrt.

Kehr um!, mahnte immer und immer wieder ihre innere Stimme, doch trotzig beschloss das Mädchen ihr kein Gehör zu schenken.

Kehr um, der Weg nach Hause ist zu weit!

„Ich schaff das schon!“ Carmens Stimme klang recht heiser, als sie sich selbst Mut machte. „Muss mich nur mal kurz ausruhen!“

Ohne weiter darüber nachzudenken, setzte sie sich auf einen verschneiten Baumstumpf am Rande des Waldes, den sie unter großer Mühe erreicht hatte.

„Nur für einen kleinen Moment die Augen schließen“, flüsterte sie völlig ermattet, während der kalte Ostwind ihr den Eisregen direkt ins Gesicht schleuderte und sich dort mit ihren Tränen vermischte.

„Mama ... warum bist du nicht hier?“, schluchzte Carmen und kauerte sich zitternd zusammen.

Kapitel 5

„Also gut. Ich stelle fest, Carmen ist definitiv nicht aufzufinden.“ Caroletta schaute ernst in die Runde der Kinder, die auch ziemlich betroffen wirkten. „Ich glaube nicht, dass sie sich nur zu einem Spaziergang aufgemacht hat.“

„Du denkst also, dass sie beschlossen hat, nach Hause zu laufen?“ Ricky schüttelte entsetzt ihren Kopf.

Caroletta nickte stumm.

„Aber wenn es ihr hier nicht gefällt, hätte sie doch einfach ihren Vater anrufen können, damit der sie abholt, oder?“ Mona verdrehte die Augen. „Die ist ja noch blöder, als ich gedacht habe!“

„Mona, das Mädel ist alles andere als blöde! Sie ist lediglich verzweifelt, das ist alles!“, rutschte es Ricky heraus.

Caroletta atmete tief durch. „Okay, ich wollte es euch eigentlich in Carmens Interesse nicht sagen, aber ich denke, nun solltet ihr doch wissen, was in ihr vorgeht, damit ihr sie vielleicht versteht. Ihre Mutter ist vor knapp einem halben Jahr an Krebs gestorben, und Carmen hat ihren Tod noch immer nicht überwunden. Ihr Vater war der Meinung, dass sie vielleicht auf andere Gedanken kommen würde, wenn sie hier ein paar Tage unter gleichgesinnten Pferdefreunden verbringen könnte. Er hatte mich darum gebeten, euch nichts zu sagen, damit seine Tochter von Mitleidsbezeugungen verschont bleiben würde. Nun jedoch glaube ich, war es doch wichtig, euch darüber zu informieren, denn ich merke, dass ihr Carmen sonst in eine Schublade steckt, in die sie eigentlich nicht hineingehört!“

Schweigend hatten die Kinder zugehört.

„Und du glaubst, dass sie es einfach nicht ertragen hat, zu sehen, wie fröhlich und unbeschwert wir hier sind, während sie noch mit dem Tod ihrer Mutter zu kämpfen hat und dass sie deswegen einfach abgehauen ist?“, fragte Lilian nun leise.

Caroletta nickte erneut. „Ich hatte Ricky darum gebeten, sich um Carmen zu kümmern, doch das Mädchen hat sich wohl dazu entschlossen, sofort einen Rückzieher zu machen, ehe sie womöglich noch mehr über sich selbst preisgeben würde.“

„Und was machen wir jetzt?“ Quirin hatte seine Stirn in tiefe Falten gelegt, während er Monas Blick auffing. Die Zwölfjährige machte einen äußerst zerknirschten Eindruck, denn niemals hätte sie im Traum daran gedacht, dass Carmen irgendein Problem haben könnte.

„Es tut mir wirklich Leid, was ich über Carmen gesagt habe“, sagte sie leise.

„Du solltest manchmal einfach deine große Klappe halten“, meinte Anne ungerührt zu ihrer Schwester.

„Ach, halt du dich doch einfach raus, ja?!“

„Mama sagt immer ...“

„Du sollst dich raushalten!“

„Könnt ihr eure Familienstreitigkeiten vielleicht zu einem späteren Zeitpunkt austragen? Ich glaube, im Moment haben wir wirklich andere Probleme!“ Kathi fuhr den beiden Geschwistern über den Mund.

„Wir könnten die Pferde satteln und die Umgebung abreiten“, schlug Ricky vor.

„Bei diesem Wetter? Nee du, echt nicht. Wir sind doch zu Stein gefroren, noch ehe wir richtig im Sattel sitzen.“ Hannes überkam das kalte Grauen, wenn er daran dachte, bei diesem Eisregen auch nur einen Fuß aus dem Haus zu setzen, geschweige denn, draußen durch die Gegend zu reiten, nur weil diese dumme Carmen nicht mehr Herr ihrer Sinne zu sein schien. Ricky hatte manchmal blöde Ideen!

„Ob wir erst mal ihren Vater anrufen sollten? Vielleicht sollte der zumindest wissen, was seine Tochter für Mist baut.“ Quirin trat nervös von einem Bein auf das andere.

„Also, ich denke, ehe wir den Mann verrückt machen, sollten wir erst mal schauen, ob wir sie nicht doch finden“, meinte Marc. „Ich reite mit! Wer noch?“

Lilian und Kathi traten spontan vor, und Clarissa sah fragend auf Caroletta. „Kann ich Sheila reiten?“

Caroletta rang mit sich selbst. Einerseits war ihr gar nicht wohl bei dem Gedanken, dass die Kinder sich bei diesem Wetter zu Pferde ins Gelände wagen wollten, jedoch sah sie andererseits im Augenblick auch keine andere Möglichkeit, Carmen zu finden.

„Hm. Sheila ist unbeschlagen und Rashid auch. Wie sieht es mit euren Pferden aus?“

„Diabolo hat Stollen auf den Eisen“, beeilte sich Ricky zu sagen.

„Holli auch!“, nickte Lilian und sah gespannt zu Marc.

„Sharazan ist unbeschlagen, wie ihr ja wisst.“

„Also gut, Kinder, dann mal los“, rang sich Caroletta zu einer Entscheidung durch. „Aber zieht euch um Gottes Willen warm an, dicke Jacken, Handschuhe, Kapuzen auf ...“

„Ja, Mama!“ Marc grinste nachsichtig.

„He, ich möchte auch mitreiten!“, meldete sich Mona.

„Ich auch“, tönte es plötzlich von allen Seiten her, doch Caroletta schüttelte den Kopf.

„Nein! Ihr dürft mit Sicherheit reiten, aber nicht heute! Erstens kennt ihr die Gegend nicht, zweitens seid ihr mit den Pferden noch nicht vertraut, und drittens reicht es vollkommen aus, wenn fünf Leute vermutlich vollkommen durchgefroren zurückkommen. Nein, ihr anderen bleibt schön hier bei mir!“

„Och Mann!“ Lina zog einen Flunsch.

„Los kommt!“ Ricky war schon auf dem Weg zur Tür, als Carolettas Stimme sie noch einmal zurückhielt.

„Ricky, ich kenne dich und deinen Ehrgeiz, dieses Mädchen zu finden, koste es, was es wolle. Aber ich möchte euch bitten in maximal eineinhalb Stunden wieder zurückzusein, damit ich mich um euch nicht auch noch sorgen muss! Und geht kein Risiko ein! Wenn ihr merkt, dass der Untergrund gefroren ist und eure Pferde rutschen sollten, dann dreht bitte auf der Stelle um!“

„Alles klar, Caroletta! Keine Angst! Wir sind vorsichtig, und ehe wir vor Kälte vom Pferd kippen, sind wir wieder zu Hause! Versprochen!“ Ricky stürmte aus dem Zimmer, gefolgt von ihren Freunden.

„Viel Glück“, murmelte Caroletta. „Hoffentlich findet ihr sie!“

Keine zwanzig Minuten später stiegen die Freunde dick eingepackt auf ihre Pferde.

Caroletta und die anderen standen an den Fenstern und schauten ihnen nach, bis sie in einem beginnenden Schneegestöber nur noch schemenhaft zu sehen waren.

„Hoffentlich war es richtig, sie losreiten zu lassen. Wenigstens kommt kein Eisregen mehr runter!“ Caroletta zuckte erschrocken zusammen, als sie eine Hand auf ihrer Schulter fühlte.

„Keine Angst“, sagte Brigitta ernst. „Sie werden heil zurückkommen, und sicher werden sie auch Carmen finden!“

Caroletta schluckte. „Dein Wort in Gottes Ohr!“, antwortete sie leise, ehe sie sich abwandte. Was wussten die Jugendlichen schon darüber, was in ihr vorging. Schließlich war es das erste Mal, dass sie auf der Mercy-Ranch Gäste hatte, und schon am Anfahrtstag begannen die Schwierigkeiten. Wie sollten sich wohl die restlichen sieben Tage gestalten, wenn es jetzt schon so losging. Caroletta seufzte. Im Moment war sie sich gar nicht mehr so sicher, ob es eine gute Idee von ihr gewesen war, Pferdeferien anzubieten. Sie spürte plötzlich die gewaltige Verantwortung mehr denn je, die sie sich mit ihren jungen Gästen aufgeladen hatte. Und nun? Nun war Carmen verschwunden, und sie konnte nur darauf vertrauen, dass Ricky und ihre Freunde sie finden würden.

Lina hatte den Reitern ebenfalls hinterhergestarrt und Diabolo fixiert, bis er nicht mehr zu sehen war.

Eines Tages werde ich dieses Pferd reiten, Ricky, egal, ob es dir passt, oder nicht!, dachte sie schon fast fanatisch. Und wenn es das Letzte sein sollte, was ich jemals tun werde, aber ich werde wenigstens ein Mal im Sattel dieses herrlichen Tieres sitzen!

„He, was hast du denn für einen Blick drauf? Du siehst aus, als wenn du jemandem an den Hals springen möchtest“, foppte Quirin und zwickte Lina in die Seite. „Gib’s zu, du wärst auch gerne mitgeritten, ich auch, aber mal ganz ehrlich, es reicht wirklich, wenn die da draußen sich den Hintern abfrieren!“

„Ja, ja“, gab Lina zurück, ohne dass sie ihrem Reiterfreund richtig zugehört hatte. Diabolo ...

Carmen fühlte ihre Füße schon lange nicht mehr und stolperte durch den verschneiten Winterwald, während sie ihre Augen weit aufgerissen auf den weißen Boden gerichtet hatte. Innerlich fühlte sie eine unwahrscheinliche Hitze in sich aufsteigen, während ihr Körper in der Kälte bibberte. Mit einem Ruck zog sie sich ihren Schal vom Hals.

Das Ding macht mich wahnsinnig!, dachte sie und schlang sich den Schal locker um die Taille, ehe sie taumelnd weiterlief. Seit einigen Minuten hatte das Mädchen konstant das Gefühl, schwindelig zu werden. Immer wieder schüttelte sie ihren schmerzenden Kopf, an dem die Haare wie Eiszapfen klebten, doch wie sehr sie ihn auch hin und her bewegte, der Schnee und auch das gesamte Umfeld begann langsam vor ihren Augen zu flimmern.

Was soll das?, dachte Carmen und fühlte ihr Herz bis zum Hals klopfen. Warum kann ich nichts mehr richtig erkennen? Das sieht ja aus wie eine Bildstörung im Fernseher.

Verhalten stieß sie einen Schrei aus. „Alles nur noch graue Punkte ... oh mein Gott!“ Panisch schaute sie sich um und richtete ihren Blick gen Himmel. Ein Ende des Schneegestöbers schien nicht in Sicht zu sein.

„Ich werde verrückt“, flüsterte sie angstvoll vor sich hin, drückte ihre Lider fest zusammen und wünschte sich, nur zu träumen, doch als sie sie wieder öffnete, schien sich das Flimmern eher noch verstärkt zu haben.

Carmens Augen begannen zu brennen und zu tränen.

„Oh Himmel, was ist das? Das kann doch nicht sein?“

Gehetzt blickte sie um sich, doch sie konnte alles um sich herum nur noch schemenhaft wahrnehmen.

Carmen riss die Hände hoch und presste sie vor das Gesicht. Sie hatte das Gefühl, vor Angst wahnsinnig zu werden. Tausende wiederkehrende Sternchen tanzten um sie herum und raubten ihr jegliche Sicht.

„Ich möchte nach Hause“, schrie Carmen und drehte sich unschlüssig im Kreis. Es war ihr nicht mehr möglich, eine bestimmte Richtung auszumachen, und so sank sie weinend in die Knie. Ihre Nerven waren bis zum Zerreißen gespannt, und nun fragte sie sich zum ersten Mal ernsthaft, was für ein Teufel sie geritten hatte, dass sie einfach ohne nachzudenken bei diesem grauenhaften Wetter losgelaufen war.

„So weit kann sie doch gar nicht gekommen sein.“ Lilians Stimme war kaum zu verstehen, denn sie hatte ihren langen Schal ein paarmal um den halben Kopf geschlungen.

„Mann, ist das saukalt! Ich weiß nicht, ob das wirklich so eine gute Idee war, mit den Pferden loszuziehen. Rashid rutscht außerdem wie auf Schlittschuhen! Mir ist gar nicht mehr wohl“, ließ sich Kathi vernehmen, wobei Marc und Clarissa ebenfalls besorgt aussahen.

„Das stimmt. Der Untergrund hier muss total vereist sein.“

„Wir sollten umkehren!“

Ricky parierte ihren Diabolo sanft durch und drehte sich zu ihren Freunden um. „Hm, mit den Stollen-Eisen geht's recht gut, oder Lili?“

„Du sollst nicht immer Lili zu mir sagen! Ja, Holli hat auch keine Probleme.“

Ratlos schauten sich die fünf an.

„Dann würde ich vorschlagen, Lili und ich reiten noch ein Stück weiter, und ihr macht euch wieder auf den Rückweg, ehe noch was passiert“, schlug Ricky vor, während sie von einem Kälteschauer durchgeschüttelt wurde.

„Du bist doch auch völlig durchgefroren. Möchtest du nicht ebenfalls nach Hause reiten?“

„Nee du. Ich denke, wenn wir in den Wald hineinreiten, wo es nicht mehr so schrecklich zieht, wird's besser.“

„Wie du meinst.“

„Also dann, bis später. Bin auch froh, wenn Sheila wieder festen Boden unter den Hufen hat“, gab nun auch Clarissa unumwunden zu und ließ ihr Pferd vorsichtig wenden.

Ricky und Lilian warteten, bis sich ihre Freunde auf dem Rückweg befanden, ehe sich auch Diabolo und Holli wieder in Bewegung setzten.

Es war nicht mehr weit, bis sie in den Schutz der Bäume kamen, und doch hatten sie das Gefühl, nur im Schneckentempo voranzukommen.

„Wenn wir nur wüssten, wo wir zu suchen haben“, brummelte Lilian in ihren Schal. „Womöglich ist sie in eine ganz andere Richtung gelaufen. So ein Mist aber auch, dass es ununterbrochen schneit, sonst hätten wir eventuell ihren Fußspuren folgen können."

„Aber wo sollte sie schon sein, wenn nicht im Wald? Auf freiem Feld hätten wir sie doch schon längst entdeckt, und außerdem, falls sie wirklich nach Hause laufen will, dann kann sie nur hier sein", gab Ricky zur Antwort.

„Ja schon, vorausgesetzt natürlich, dass sie überhaupt weggelaufen ist und sich nicht doch irgendwo auf der Ranch versteckt hat!"

„Komm, wir haben doch wirklich alles durchsucht! Sie war nirgends!"

„Tja, es hat zumindest so ausgesehen. Wenn sie sich allerdings wirklich hinter einem Heuballen verkrochen hat, dann hätten wir den gesamten Heustock ausräumen müssen, um wirklich sicher zu gehen!"

„Mann, Lilian, du kannst einem wirklich Mut machen!" Ricky verdrehte die Augen, aber insgeheim musste sie ihrer Freundin Recht geben. Es bestand durchaus die Möglichkeit, dass sie hier völlig umsonst die Gegend durchkämmten.

„Du hast auch keine Lust mehr weiterzusuchen, was?"

„Ehrliche Antwort? Eigentlich nicht! Es war dumm, überhaupt loszureiten!"

„Toll! Warum bist du dann überhaupt mitgekommen?"

„Mensch, Ricky, jetzt sei doch nicht eingeschnappt!"

„Ich meine, du wusstest doch, dass es kalt draußen ist! Aber vielleicht finden wir Carmen ja doch noch."

Lilian schaute sie zweifelnd von der Seite an. „Glaubst du das wirklich?"

„Ach, keine Ahnung! Ich hoffe es jedenfalls. Vor allem für Caroletta!"

Lilian nickte schweigend und schämte sich ein wenig. Hatte sie in diesen Augenblicken doch völlig vergessen, in welche Schwierigkeiten die Betreiberin der Mercy-Ranch kommen würde, wenn Carmen nicht bald gefunden würde.

„Du hast Recht. Also los, komm. Wir reiten, soweit es möglich ist und solange es unsere klammen Knochen erlauben, kreuz und quer durch den Wald und schreien uns die Lunge aus dem Leib. Wenn Carmen dann wirklich dort ist, wird sie uns sicherlich antworten. Sie muss ja noch um einiges mehr durchgefroren sein, als wir es sind." Entschlossen trieb Lilian ihren Doc Holliday voran, und Ricky war froh, dass sich ihre Freundin dazu entschlossen hatte, mit ihr weiterzureiten, anstatt in die Wärme der Mercy-Ranch zurückzukehren.

Caroletta hatte sich in ihr kleines Büro zurückgezogen und haderte mit sich selbst. Vielleicht wäre alles gar nicht so weit gekommen, wenn ich sie im Stall nicht ins Gebet genommen hätte, dachte sie. Warum habe ich sie nicht einfach mit ihrem Vater wieder nach Hause fahren lassen, so, wie sie es eigentlich wollte?

Für ein paar Sekunden starrte sie auf das Telefon, ehe sie entschlossen den Hörer in die Hand nahm. So unangenehm es auch sein würde, sie kam nicht drum herum, Herrn Lisser von dem Verschwinden seiner Tochter zu berichten.

Tief seufzte Caroletta auf, ehe sie seine Nummer wählte. Bereits in Gedanken legte sie sich ihre Worte zurecht und wartete nun darauf, dass Carmens Vater endlich das Gespräch annehmen würde. Doch das Einzige, was sie ununterbrochen hörte, war das konstante Tuten des Freizeichens. Herr Lisser schien nicht zu Hause zu sein.

Nachdem sie innerhalb der nächsten halben Stunde im Minutenrhythmus versucht hatte den Mann zu erreichen, gab sie fürs Erste auf.

Unruhig lief sie in ihrem Büro auf und ab und klammerte sich hoffnungsvoll an den Gedanken, dass die Freunde das Mädchen unbeschadet mit zurückbringen würden. Wenn Carmen nur erst wieder auf der Mercy-Ranch wäre! Um wie viel einfacher würde es dann auch sein, Herrn Lisser alles zu erklären.

Schwer atmete sie durch und griff erneut zum Telefonhörer, um einen weiteren Versuch zu starten Carmens Vater zu erreichen, wobei sie sich fahrig mit der freien Hand über die Augen wischte.

„Findet sie, um Gottes Willen", flüsterte sie leise in Richtung Fenster.

Hannes und Quirin hatten inzwischen ein paar gehobelte Bretter, die vom Umbau übrig geblieben waren, zurechtgesägt und trugen sie mit Schleifpapier, Bleistiften und Deckfarben in Carolettas Küche, wo ihnen die Gastkinder fragend entgegenschauten.

„Habt ihr Brennholz gesammelt oder wo wart ihr so lange?" Florin deutete fragend auf die Brettstücke.

„Nein, daraus basteln wir jetzt einen Hamsterkäfig!", gab Hannes augenzwinkernd zurück.

„Hamsterkäfig? Nee, oder? Hat hier irgendwer einen Hamster?"

„Quatsch! Wir bauen natürlich keinen Käfig! Wir dachten, dass ihr, sozusagen als die ersten Gäste auf diesem Hof, jeweils das Namensschild für euer Pflegepferd malen dürft! Somit wird von euch stets eine Erinnerung an euren Besuch hier zurückbleiben! Das ist sozusagen eine Ehre für euch, denn wenn die Schilder einmal hängen, dann hängen sie!" Quirin sah strahlend in die Runde und versuchte krampfhaft gute Laune zu verbreiten, doch so richtig wollte ihm dies nicht gelingen.

„Echt? Für immer und ewig?", fragte Anne und schaute ungläubig zu Quirin auf.

„Na klar! Oder sagen wir mal so, zumindest so lange, wie

die Pferde auf der Mercy-Ranch stehen“, schränkte er vorsichtig ein, doch Karen winkte ab.

„Also für immer! Supi, aber ich hab eine totale Sauklaue. Die kann niemand entziffern, sagt zumindest meine Mum.“

„Und verziert werden sollen die Schilder doch sicherlich auch, oder? Ich hab in Zeichnen eine glatte Fünf!“, jammerte nun auch Philipp.

„Oje, muss das sein?“ Mona stöhnte ebenfalls.

„Mann, seid ihr eine lasche Gesellschaft!“, stellte Brigitta grinsend fest.

„Wir können doch Buchstaben- und Dekorschablonen anfertigen, dass alles gleichmäßig schön wird“, schlug Kathi vor und erntete damit einen strafenden Blick von Quirin.

„Ich dachte eigentlich eher daran, dass die Schilder individuell von jedem angefertigt werden. Das macht doch viel mehr Laune, als wenn jedes Brett gleich aussieht.“

„Also, ich find’s eine klasse Idee!“ Florin strahlte über das ganze Gesicht. „Können wir nicht mit einer Stichsäge auch die Form des Schildes noch bearbeiten?“

„Wie? Du und Stichsäge?“ Hannes schüttelte entschieden seinen Kopf. „Deine Eltern würden uns vierteilen, wenn dir etwas passiert! Nee, nee, das mit der Stichsäge lassen wir mal lieber!“

„Oh komm, dann könnten wir dir doch wenigstens sagen, welche Form wir haben möchten, und du könntest die Bretter dementsprechend sägen, oder?“

„Na toll, ich bin schon glücklich, wenn ich nicht schon als Erstes das Sägeblatt abbrechen lasse.“

Quirin grinste. „Solange du dabei die Säge nicht komplett schrottest, geht’s immer noch!“

Hannes atmete ergeben durch. „Also gut! Dann schnappt sich jetzt jeder ein Brett und einen Bleistift, malt die Umrisse drauf und am besten auch gleich so Pi mal Daumen den Namen des entsprechenden Pferdes, damit man in etwa eine Vorstellung davon hat, wie das Schild dann später mal aussehen soll!“

„Könnten wir nicht vielleicht doch Schablonen verwenden?“ Mona wagte einen letzten Vorstoß und starrte missmutig auf ihre Schwester, die ihr einfach ein Stück Holz vor die Nase legte.

„Nun stell dich doch nicht so an! Kann doch jeder sehen, dass du nicht malen kannst“, kicherte Anne.

„Besser nicht Zeichnen können, als so blöde zu sein, wie du!“, konterte die Ältere sofort.

„Du sagst nicht noch einmal, dass ich blöde bin!“

„Aber wenn's doch stimmt!“

„Du bist gemein!“

„Selber schuld. Du hast angefangen!“ Mona wandte sich ab und beschloss für den Rest der Woche ihre kleine Schwester einfach zu ignorieren.

„Kleine Geschwister sind sowas von nervtötend“, seufzte sie mit einem koketten Augenaufschlag zu Hannes, der ihr immer besser gefiel.

„Große aber auch“, gab der jedoch lachend zurück und zwinkerte Anne zu, die in Gedanken schon zum hundertsten Mal bedauerte, dass sie nicht hatte alleine hierher kommen dürfen.

„Na, vielen Dank auch!“, murrte Mona, griff nach einem Bleistift und ergab sich ihrem Schicksal. Hadrian würde mit ihrem Schild an seiner Box die absolute Pferdekrise bekommen.

Als Caroletta das Klappen der Verbindungstür vom Stall zum Wohnbereich hörte, erhob sie sich schnell und wäre dabei fast über Gandalf und Happy gestolpert, die es sich zu ihren Füßen bequem gemacht hatten.

„Himmel, könnt ihr nicht aufpassen?“, rief sie aus, während sie sich gerade noch fangen konnte.

Fragend hoben die beiden Hunde ihre Köpfe und schauten sie verständnislos an.

Caroletta atmete tief durch, bückte sich dann jedoch und strich sanft über das Fell der Tiere.

„Bitte entschuldigt. War meine Schuld“, sagte sie versöhnlich, doch dann verließ sie schnell den Raum.

„Habt ihr sie gefunden?“, fragte sie gleich, als sie Marc erblickte, doch der schüttelte resigniert den Kopf.

„Nein, bis jetzt noch nicht. Kathi, Clarissa und ich mussten umkehren. Die Pferde sind nur noch gerutscht!“

Caroletta wurde blass. „Und was ist mit Ricky und Lilian? Sag bloß, die sind weitergeritten?“

Marc nickte.

„Mach dir keine Sorgen. Diabolo und Holli waren die einzigen, die kein Problem mit dem Untergrund hatten“, versuchte er Caroletta zu beruhigen, doch diese schüttelte jetzt entschieden den Kopf.

„Es ist zu gefährlich! Ich hätte es nicht erlauben dürfen!“

„Aber es ist doch die einzige Möglichkeit, Carmen zu finden, oder?“

„Ich hätte es nicht zulassen dürfen“, wiederholte die Betreiberin der Mercy-Ranch und schickte sich an, ihre Jacke von der Garderobe zu zerren.

„Was hast du vor?“

„Ich werde mich jetzt in mein Auto setzen und ihnen hinterherfahren.“

Marc hielt die Luft an und stellte sich ihr in den Weg. „Caroletta, du kommst nicht weit, und außerdem, wenn du jetzt in den Graben rutschst, was sollen wir dann machen? Ich meine, mit dir steht und fällt hier doch alles!“

„Ich habe die Verantwortung für die Mädchen! Geh mir bitte aus dem Weg!“

Marc blieb standhaft. „Du hast auch die Verantwortung für die anderen Kinder! Wenn dir was passiert ...“

Caroletta schob Marc auf die Seite.

„Und wenn den dreien dort draußen was passiert, dann werde ich mir mein Leben lang Vorwürfe machen!“, sagte sie und stapfte davon.

Marc schaute ihr sorgenvoll hinterher, als die Haustür ins Schloss fiel.

Na prima!, dachte er, doch dann rannte er ihr nach.

„Caroletta warte! Ich komme mit!“, rief er und sprang gerade noch rechtzeitig zu ihr in den Wagen, ehe sie den Zündschlüssel herumdrehte.

„Geh bitte wieder ins Haus zurück!“

„Nein!“

„Los, steig aus!“

„Nein! Stell dir doch mal vor, was passiert, wenn deine Reifen irgendwo durchdrehen. Dann bist du froh, wenn ein starker Mann dabei ist, der dich vielleicht wieder anschieben kann!“

Caroletta verdrehte die Augen. „Na gut, dann los!“

Rasch wollte sie den Motor anlassen, doch nach einem zweimaligen röhrenden Geräusch gab das Auto keinen Mucks mehr von sich.

„Diesel ... eingesulzt!“, mutmaßte Marc und atmete auf. „Caroletta, das kannst du vergessen! Der springt heute nicht mehr an!“

Die Frau hieb mit der flachen Hand auf das Lenkrad. „Mistkarre! Und jetzt?“

„Jetzt gehen wir wieder rein und warten darauf, dass die anderen zurückkommen. Ich schätze, allzu lange werden sie es in der Kälte eh nicht mehr aushalten!“, meinte Marc. Caroletta unternahm noch einmal den Versuch, das Auto zu starten, doch es rührte sich nichts mehr.

Missmutig stieg sie aus und knallte die Wagentür zu. Angestrengt ließ sie ihren Blick über das unendlich erscheinende Weiß der Landschaft schweifen.

„Marc, sattle mir bitte Cora!"
„WAS?" Der Junge wurde bleich.
„Du sollst Cora satteln! Hast du Schnee in den Ohren?" Caroletta stapfte humpelnd auf ihren Stock gestützt und äußerst entschlossen zum Haus zurück.
„Du willst ihnen nachreiten? Mit Cora? Caroletta, das kannst du nicht machen!", rief Marc völlig außer Fassung.
„Wieso nicht? Hast du vergessen, dass ich reiten kann?"
„Aber du hast seit deinem Unfall nicht mehr auf einem Pferd gesessen, und das ist ... wie viele Jahre her?"
„Mindestens hundert! Los, sattle das Pferd. Bin in fünf Minuten wieder hier."
„Aber ..."
„Reiten verlernt man nicht, auch nicht durch einen Unfall! Ich kann vielleicht keine Kunststücke mehr auf einem Pferd vollführen, aber im Sattel werde ich mich immer noch halten können! Nun mach schon, Junge!" Mit diesen Worten verschwand sie hinter der Eingangstür, um sich schnell umzuziehen.
Marc schlug sich mit der Hand gegen den Kopf und eilte dann in Richtung Stall. Er wusste, dass sich Caroletta von ihrem Entschluss nicht abbringen lassen würde.
„So was Eigensinniges! Nicht zu fassen!", murmelte er hadernd vor sich hin, während er kurze Zeit später bereits Sattelgurt und Trense verschnallte.
Cora hielt ihren grau gestichelten Kopf ihm zugewandt und schaute Marc gespannt bei seiner Arbeit zu. Nicht wissend, welch ein miserables Wetter sie draußen erwarten würde, schien sie sich darauf zu freuen, endlich auch einmal wieder unter dem Sattel laufen zu dürfen.
„Was machst denn du da?" Kathi und Clarissa standen vor der Box und schauten ihren Freund total entgeistert an.
„Sie will mit Cora losreiten und die anderen suchen!"
„Wie jetzt?"

„Wer?“

„Caroletta!“ Marc drehte sich langsam um.

„Quatsch keinen Mist!“ Kathi wurde ebenfalls blass. „Sie ist schon ewig nicht mehr geritten!“

„Und Cora ist unbeschlagen. Sie wird genauso rutschen wie unsere Pferde!“

„Das ist es ja, aber sie lässt sich nicht davon abhalten!“ Marc zuckte mit den Schultern. Es war ihm gar nicht wohl bei dem Gedanken an Carolettas Vorhaben, und auch die beiden Mädchen hatten bereits die schrecklichsten Vorahnungen.

„Bist du fertig?“, tönte es da von der Stalltür her, während das gleichmäßige Klicken des Stockes auf dem Betonboden zu hören war.

„Schon, aber ...“

„Fein! Dann kann's ja losgehen!“ Caroletta lehnte ihren Stock gegen die Außenwand der Box und griff dann selbst nach Coras Zügel.

„Möchtest du dir das nicht doch noch einmal überlegen?“, fragte Kathi leise.

„Da gibt's nichts zu überlegen! Jetzt macht euch mal keine Gedanken! Cora ist ein Schäfchen. Genau das Richtige für alte Frauen, die im Schnee herumreiten wollen!“

„Es ist nicht der Schnee! Es ist das Eis, das uns Sorgen macht! Cora wird rutschen!“, platzte Clarissa heraus.

„Genau das ist es, was mir ebenfalls Kopfzerbrechen macht, Mädel! Das Eis! Oder was denkst du, weshalb ich losreite?“, fragte Caroletta etwas unwirsch und führte Cora dann hinaus. „Ich werde erst wieder beruhigt sein, wenn eure Freunde heil zurück sind! So, und jetzt lasst mich mal hier raus und verschließt wieder gut den Stall. Bitte schaut nach den anderen, und ... es muss niemand sonst wissen, was ich hier tue. Unsere Gäste sollen so unbeschwerte Tage wie möglich auf der Ranch verbringen. Wenn Carmen wieder zurück ist, werden sie den Vorfall schnell vergessen haben." Caroletta zog noch einmal den Sattelgurt nach, ehe sie sich ein letztes Mal an Marc wandte.

„Hör mir zu! Ich habe fast eine Stunde lang versucht, Herrn Lisser zu erreichen, um ihn über Carmens Verschwinden zu unterrichten, aber er scheint nicht zu Hause zu sein. Ich möchte dich bitten, es konstant weiter zu versuchen, während ich unterwegs bin. Wenn du ihn an die Strippe bekommst, dann sag ihm bitte, dass er umgehend auf die Ranch kommen soll! Ich weiß, Marc, dass du um diese Aufgabe jetzt nicht zu beneiden bist, aber bitte tu es trotzdem! Der Mann muss wissen, was los ist! Die Telefonnummer liegt auf meinem Schreibtisch unter dem gläsernen Briefbeschwerer!"

Marc nickte, obwohl er sich bei dem Gedanken daran, Herrn Lisser diese schlechte Nachricht zu übermitteln, überhaupt nicht wohl fühlte.

„Du kannst dich auf mich verlassen, Caroletta! Ich werde mir die Finger wund wählen, bis ich ihn erreicht hab!", versprach er hoch und heilig.

„Danke, mein Junge! Ich weiß, dass ich mich auf dich verlassen kann. Also dann, bis später!"

Schneller, als die Freunde vermutet hatten, war Caroletta jetzt in Coras Sattel und verließ den Hof.

„Wenn das nur gut geht", wisperte Kathi nervös, während die Freunde der Reiterin hinterherblickten, die schon bald nur noch schemenhaft zu sehen war.

Kapitel 6

„Carmen! CARMEN! Himmel, wo steckst du denn?“ Lilians Ruf wurde buchstäblich vom Schnee verschluckt. „Ich fliege vor lauter Zittern gleich aus dem Sattel!“

Ricky schielte zu ihrer Freundin herüber und musste zugeben, dass es ihr im Grunde genommen nicht viel anders ging. Dennoch schaffte sie es nicht, jetzt einfach umzukehren. Wenn Carmen wirklich irgendwo da draußen im Wald umherlief, mussten sie sie einfach finden, denn sicherlich war das Mädchen ebenfalls schon fast erfroren.

„Ricky, komm, lass uns doch umkehren. Ich kann irgendwie nicht mehr. Bin von der Kälte total im Eimer!“ Lilian bibberte wirklich schon so stark, als wenn sie unter Strom stehen würde.

„Zehn Minuten noch, okay?“ Diabolos Reiterin ließ den Blick schweifen. „Sie muss hier irgendwo sein. Womöglich ist sie gestürzt und kann nicht mehr weiterlaufen.“

„Warum musst du eigentlich immer gleich an das Schlimmste denken?“

„Tu ich doch gar nicht“, verteidigte sich Ricky. „Aber du musst zugeben, dass es so sein könnte, und wenn wir jetzt zurückreiten, dann ...“

„Okay, okay. Zehn Minuten! Aber dann geht's heimwärts. Ich halte das wirklich nicht länger aus!“ Lilian sah, trotz ihres roten Kopfes, nicht gerade wie das blühende Leben aus, sodass Ricky sich in diesem Moment fragte, ob sie ihr diese zehn zusätzlichen Minuten der Suche tatsächlich überhaupt noch zumuten konnte. Doch als sie wieder an Carmen dachte, trieb sie Diabolo voran. Sie mussten das Mädchen einfach finden.

„CARMEN!“, schrie sie in der Hoffnung auf Antwort, doch es herrschte Totenstille um die Reiter. Lediglich das Knirschen der Hufe im Schnee war zu hören.

„Oh Mann, ich kann das nicht! Ich bin dazu völlig unbegabt!“ Die Kinder saßen vor den inzwischen in Form gesägten Schildern und versuchten, in möglichst schöner Schrift die Namen ihrer Pflegepferde darauf zu verewigen.

„Ach, Mona, du kannst einen vielleicht nerven!“ Quirin schaute ihr interessiert über die Schulter. „So schlecht ist das doch gar nicht. Weiß nicht, was du hast!“

„Findest du?“ Das Mädchen schenkte dem Jungen einen gewinnenden Augenaufschlag.

„Hihi, das sagt sie doch nur in der Absicht, dass ihr jemand sagt, wie gut ihr Schild aussieht“, lachte Anne. „Das macht sie immer so! Erst einen auf Mitleid und dann ...“

„Halt die Klappe!“

„Du hast mir gar nichts zu verbieten! Mama sagt auch, dass du dich immer vor allem drückst, indem du sagst, dass du irgendwas nicht kannst. Hihi, und jetzt hoffst du, dass Quirin dir dein Schild vorzeichnet, damit du die Buchstaben nur noch ausmalen musst. Außerdem bist du eh in Quirin verschossen!“

Mona wurde feuerrot bei den Worten ihrer Schwester, doch ehe sie eine passende Antwort geben konnte, betraten Marc, Kathi und Clarissa die Küche, gefolgt von Gandalf und Happy, die sich sogleich vor Florin und Philipp setzten, um von ihnen ausgiebig gekrault zu werden.

„Ich möchte auch einen Hund“, seufzte Philipp und seine Augen bekamen einen träumerischen Ausdruck.

„Ich hab zu Hause einen. Ist zwar nur ein Dackel, aber der ist total lustig. Er liebt Tennisbälle und Socken!“ Florin schüttelte sich vor Lachen bei dem Gedanken daran, wie seine Mutter quer durch das Gemüsebeet gerannt war, um Tobi zwei neue Socken abzujagen, die er aus dem Korb mit der frisch gewaschenen Wäsche stibitzt hatte.

„Wo ist denn Caroletta? Ich muss sie unbedingt was fragen", rief Hannes zu Marc hinüber, als er ihn erblickte.

„Und was sagen wir jetzt?", raunte Kathi dem Jungen zu.

„Ähem, Caroletta ist uns gerade begegnet. Hat gesagt, dass sie sich für einen Moment hinlegt, ehe wir nachher den Stall machen", flunkerte Marc, während er hinter seinem Rücken die Finger verkreuzte.

„Oh, fühlt sie sich nicht gut?" Anne horchte auf, und auch die Blicke der Gastkinder ruhten nun gespannt auf den Freunden.

„Nee, nee", wiegelte Clarissa ab. „Sie ist heut nur schon so derartig früh aufgestanden und hat auch die letzten Tage bis in die Nacht hinein alles vorbereitet, damit ihr es wirklich schön habt, wenn ihr hier seid!"

„Ach so! Na, jedenfalls wird sie nachher vielleicht Augen machen, wenn sie die Schilder sieht! Die werden echt supi!", meinte Philipp und hielt das seine auf Armlänge von sich weg.

„Ja, vor allem das von Mona", platzte Anne heraus und fing sich damit eine Kopfnuss der größeren Schwester ein, die immer noch wegen der Sache mit Quirin sauer war.

„Wann gehen wir eigentlich in den Stall?", quengelte Florin, der sich schon wieder nach Silver sehnte.

„Na, ich denke, so in einer Stunde", meinte Brigitta mit einem Blick auf ihre Armbanduhr.

„Hoffentlich ist Caroletta bis dahin wieder zurück", wisperte Kathi Clarissa zu, während die beiden die Küche verließen, um sich trockene Kleidung überzuziehen. Marc folgte ihnen auf dem Fuß. Er würde sich jetzt in Carolettas Büro setzen und mit Herrn Lisser sein Glück versuchen.

„Drückt mir die Daumen, dass der gute Mann jetzt endlich zu Hause ist!“, bat er noch die beiden Mädchen, ehe er hinter der Bürotür verschwand.

Völlig durchnässt, durchgefroren, die Kleidung schon fast hart wie ein Brett, stand Carmen an einen Baumstamm gelehnt und hielt ihre Augen weit aufgerissen.

Ihr Kopf glühte und sie war nicht mehr dazu fähig, auch nur einen klaren Gedanken zu fassen. Die Welt schien sich um sie herum zu drehen. Das Dröhnen in ihren Ohren wurde mit jedem Augenblick stärker, und sie hatte plötzlich das Gefühl, von Watte umgeben zu sein.

Riesige Flocken tanzten auf die Erde herab und bildeten einen solch dichten Schleier, dass man kaum noch zehn Meter weit sehen konnte.

„Was ist das?“, flüsterte Carmen, als sie schemenhaft eine Gestalt wahrzunehmen glaubte, die mit ihrem Glanz die Watte zu durchdringen schien.

„Wer bist du? Und was willst du von mir?“ Angstvoll drückte sich das Mädchen gegen den Baumstamm, doch dann erkannte sie, wer auf sie zukam. Ihre Knie drohten nachzugeben. Wie von selbst knickten sie ein, ohne dass Carmen etwas dagegen hätte unternehmen können, selbst wenn sie es gewollt hätte.

„Carmina“, hörte sie eine sanfte, unendlich liebevolle Stimme, die ihr das Herz stocken ließ. Carmina, wie oft hatte sie diese Abwandlung ihres Namens gehört und dabei genervt die Augen verdreht, denn sie hatte es einfach kindisch gefunden, so gerufen zu werden, doch jetzt ...

Der überirdische Glanz schien das Mädchen nun schon fast erreicht zu haben.

Mama!, war das Letzte, was wissentlich in ihren Gedanken war, ehe sie das Bewusstsein verlor.

„Der Schnee wird dichter, Ricky. Wir müssen umkehren, ehe wir uns womöglich noch verirren!“ Lilian wischte sich über die Augen, um zu verhindern, dass ihre Wimpern und Augenbrauen zu Eis erstarrten.

Ricky nickte. „Okay. Ich denke, jetzt finden wir Carmen sowieso nicht mehr. Wer weiß, vielleicht hat sie sich ja tatsächlich irgendwo auf der Ranch versteckt.“

„Na toll! Endlich ziehst du diese Möglichkeit wenigstens in Betracht. Los komm! Machen wir, dass wir zurückkommen!“ Lilian wollte ihren Doc Holliday gerade wenden, als sie erstarrte.

„Was ist denn das?“

„Was meinst du?“, fragte Ricky irritiert zurück, ehe sie Lilians Blick folgte.

„Na, das da. Was hängt denn da in dem Gebüsch?“

„Keine Ahnung.“ Ricky ritt mit Diabolo näher heran und stieß einen leisen Pfiff aus, als sie den Schal erkannte.

„Himmel, der gehört Carmen! Sie trug ihn, als sie auf der Mercy-Ranch ankam! Lilian! Weißt du, was das bedeutet? Sie war hier! Sie muss auch noch in der Nähe sein, denke ich. Kann mir nicht vorstellen, dass sie viel weiter gekommen ist.“

Lilian war abgestiegen und hatte den Schal an sich genommen, während sie auf den Boden starrte.

„Bin zwar kein Scout oder so was, aber mit ein wenig Phantasie könnte ich mir einbilden, hier noch den Hauch von Schuhabdrücken erkennen zu können!“, meinte sie zögerlich.

„Echt?“ Auch Ricky ließ sich nun aus dem Sattel gleiten und nahm die vermeintliche Spur in Augenschein. „Lass uns diesen Fußstapfen folgen. Mehr als irren, können wir uns nicht!“

Während sich die beiden Mädchen, nun mit den Pferden an der Hand, langsam durch den Schnee kämpften, riefen sie laut nach Carmen, um auf sich aufmerksam zu machen, doch alles um sie herum blieb still.

„Ich kann nichts mehr erkennen“, sagte Lilian nach einer Weile. „Der Schnee hat die Spur inzwischen total überdeckt! So ein Mist aber auch!“

Ricky blieb stehen und stemmte die Hände in ihre Seiten. Sie konnte und wollte sich einfach nicht damit abfinden, dass die ganze Suche hätte umsonst sein sollen.

„Sie muss hier irgendwo sein!“, machte sie sich selbst Mut, und auf einmal zuckte sie zusammen.

„Mama“, tönte es plötzlich ganz nah. „Wo bist du?“

Die beiden Mädchen schauten sich entgeistert an.

„Ich hab’s gewusst! Los komm!“ Ricky zog Diabolo energisch neben sich her, was dem Rappen überhaupt nicht gefiel. „Stell dich nicht so an, mein Guter! CARMEN ... WO BIST DU?“, schrie sie gleich darauf, doch außer einem Wimmern, das urplötzlich aus nächster Nähe zu hören war, bekam sie keine Antwort.

„Mist!“, platzte Ricky auf einmal heraus und starrte regungslos auf den Boden zu ihrer Rechten, ehe sie Lilian rasch Diabolos Zügel zuwarf.

„Halt mal!“, rief sie und eilte ein paar Meter weiter, ehe sie niederkniete. „Wir haben sie gefunden, Lilian! Carmen ... sie liegt hier! Oh Mann, und was jetzt?“ Rickys Stimme klang schrill.

Lilian stieg ebenfalls ab und zerrte die beiden Pferde hinter sich her, ehe sie angstvoll auf Carmens bleiches Gesicht herunterstarrte. „Lebt ... lebt sie noch?“

„Ich weiß nicht!“ Ricky packte das Mädchen an den Schultern und schüttelte es.

„Carmen!“, schrie sie sie an. „Carmen! Mach keinen Blödsinn! Los! Wach auf! Du sollst aufwachen! Himmel noch mal, sie hat doch gerade noch geschrien, oder? Warum ist sie auf einmal nur so still?“

„Ricky! Tu ihr nicht weh!“

„Carmen! Du wirst hier nicht einfach sterben! Hörst du! Carmen!“ Ricky hatte das Gefühl, wahnsinnig zu werden. Schnell zog sie einen ihrer Handschuhe aus und gab dem bewusstlosen Mädchen ein paar kräftige Ohrfeigen.

Komm schon, komm schon, komm schon!, beschwor sie die vor ihr Liegende in Gedanken, und dachte, ihr Herz müsse stehenbleiben, als, nach endlos erscheinender Zeit, ein fast unmerkliches Beben durch Carmens Körper lief.

„Ja!“, entfuhr es Ricky kurz und knapp, während sie aufatmete. „Carmen! Hörst du mich? Carmen!“ Vorsichtig strich sie ihr mit zitternder Hand über das Gesicht, ehe sie sie unter größter Anstrengung zur Sitzposition aufrichtete und sich hinter sie kniete, um ihren Rücken zu stützen. Fest umschlossen ihre Arme den Oberkörper des Mädchens, während sie versuchte, sie ein wenig warm zu rubbeln, um ihre Durchblutung wieder anzukurbeln.

Carmens Augenlider flatterten, ehe sie sich mühsam ein Stückchen weit öffneten.

„Mama“, hauchte sie und starrte geradeaus. „Mama ...“

„Carmen! Wir sind’s. Ricky und Lilian! Geht’s dir gut? Tut dir was weh? Hey, so antworte doch!“

„Wo bist du?“ Carmens Stimme war nur noch ein Hauch.

„Na hier, direkt hinter dir!“, sagte Ricky. „Wir bringen dich jetzt nach Hause, ja?“

„Nach Hause ... Mama ...“ Ermattet schloss das Mädchen die Augen, doch Ricky schüttelte sie erneut ziemlich heftig durch.

„Nein, Carmen! Nicht wieder einschlafen! Hörst du? Du musst wach bleiben! Lilian, wir müssen sie so schnell wie möglich auf die Ranch zurückbringen!“ Ricky schaute gehetzt auf ihre Freundin.

„Ja, aber wie? Wir kriegen sie doch nicht aufs Pferd! Sie klappt uns ja zusammen, noch ehe wir sie im Sattel haben, und wie soll ich dir helfen, sie überhaupt dorthin zu bringen. Ich muss ja auch noch die Pferde halten!“

„Komm, quatsch nicht! Es muss gehen! Los, komm her.“

Lilian trat mit Holli und Diabolo so nahe es ging an die sitzende Carmen heran, und obwohl sie mit einer Hand Carmens Arm ergriff und Ricky ihre gesamte Kraft aufwandte, um das Mädchen hochzustemmen, mussten die beiden jedoch bald einsehen, dass ihr Unterfangen keinen Sinn hatte. Carmen hing schlaff wie ein nasser Sack in Rickys Armen, und es schien ein Ding der Unmöglichkeit, sie aufs Pferd zu heben.

Keuchend ließ Ricky sie wieder zu Boden sinken.

„Das kann’s doch nicht sein! Jetzt haben wir sie gefunden und kriegen sie nicht nach Hause! Das gibt’s doch wohl nicht! Kannst du die Pferde nicht irgendwo anbinden?“

„Und wo, bitte? Die Zweige dieser Bäume sind so hoch, dass keiner dran kommt!“

Diabolo scharrte gelangweilt im Schnee, dann schüttelte er sich ausgiebig die Nässe aus dem Fell. Ricky wusste, dass ihr Pferd den Winter mochte und nichts lieber tat, als unter tanzenden Schneeflocken umherzutollen, doch heute schien es sogar ihm zu viel zu werden.

„Und was machen wir jetzt?“

„Das war die Preisfrage! Antwort: Ich hab null Ahnung!“ Resigniert lehnte sich Lilian fröstelnd gegen ihren Holli, dessen Kopf auf einmal nach oben flog. Angestrengt starrte er gegen die graue Wand des herabfallenden Schnees, und auch Diabolos Ohren spielten aufmerksam hin und her, während er versuchte, eine Witterung aufzunehmen.

„Gebt Ruhe! Da ist nichts!“ Lilian ruckte ein wenig an den Zügeln, doch die Tiere ließen sich nicht beirren. Mit einem Mal stieß Diabolo ein kräftiges Wiehern aus, das nicht nur Carmen erschreckt zusammenzucken ließ.

Ricky verstärkte augenblicklich ihre Umarmung.

„Keine Angst, das war nur Diabolo! Bleib ganz ruhig!“, sagte sie und blickte strafend auf ihren Rappen. Was soll das?, schien sie in Gedanken zu fragen, doch natürlich blieb ihr das Pferd die Antwort schuldig.

Caroletta hatte mit Cora die Mercy-Ranch in gleicher Richtung verlassen, in die sie die Reiter vor geraumer Zeit verschwinden sehen hatte.

Nun war sie schon eine ganze Zeit unterwegs, und wusste nicht einmal, ob sie die Mädchen überhaupt finden würde. Jedoch sagte sie sich, dass es einfach besser war, sich auf die Suche zu begeben, als tatenlos zu Hause herumzusitzen.

Cora bewegte sich äußerst vorsichtig durch den Schnee, gerade so, als wenn sie wüsste, dass sie mit Caroletta im Sattel keinesfalls stürzen durfte.

„Bist schon ein braves Mädchen“, lobte die ehemalige Kunstreiterin die alte Stute, die sich mit nickendem Kopf Schritt für Schritt vorantastete.

Inzwischen hatte es die Sonne aufgegeben, ihre Strahlen durch die dicke Wand der herabfallenden Schneeflocken zu schicken, und Caroletta wusste, dass sie nicht mehr lange weiterreiten durfte, sondern so langsam ans Umkehren denken musste. Es würde nur noch eine Frage der Zeit sein, bis die Dämmerung einsetzen würde.

Angestrengt ließ die Reiterin ihren Blick schweifen, doch es war unmöglich auch nur irgendetwas zu erkennen.

Vielleicht hätte ich Happy mitnehmen sollen, fuhr es ihr durch den Kopf, doch der Gedanke daran, dass sie womöglich dann auch noch ihren Hund suchen musste, ließ sie diese Idee gleich wieder verwerfen.

Cora, die in ihrem gemäßigten Trott die bisherige Strecke hinter sich gebracht hatte, hielt auf einmal an und hob aufmerksam den Kopf.

„Was ist los? Hast du keine Lust mehr?“, fragte Caroletta und drückte sanft ihre Waden gegen den Pferdeleib, doch das Tier reagierte nicht auf diese treibende Hilfe. „He, du wirst mich jetzt doch wohl nicht im Stich lassen, oder? Wenn du hier stehen bleibst, müssen wir hier übernachten! Also, komm weiter, meine Gute!“

Coras Ohren spielten vor und zurück. Nahm sie doch außer den Worten ihrer Reiterin noch wesentlich mehr wahr. Leise wieherte sie und setzte sich plötzlich von alleine in Bewegung.

„Langsam, langsam, altes Mädchen! Wir wollen doch nicht stürzen! Was hast du denn? Sag bloß, du hast die Witterung deiner Stallgenossen aufgenommen?! Süße, du bekommst eine Extraration an Möhren, wenn du Ricky und Lilian gefunden hast! Ehrenwort!“ Caroletta richtete sich etwas im Sattel auf und starrte jetzt noch angestrengter in die Richtung, in die Cora lief. Auf einmal hörte auch sie das Begrüßungswiehern einer der Wallache.

Carolettas Herz machte einen Sprung.

Gott sei Dank!, dachte sie und wandte ihren Blick für den Bruchteil einer Sekunde gen Himmel, ehe sie laut zu rufen begann.

„Ricky! Lilian! Wo seid ihr? Hallo ...“

„Hast du das eben gehört?“ Rickys Kopf flog herum und sie starrte Lilian an.

„Nö! Was denn?“

„Da hat jemand gerufen!“

„Wie, gerufen?“

„Ja wie wohl? Jetzt frag doch nicht so blöd! Jemand hat unsere Namen ... da, jetzt schon wieder! Wenn ich nicht genau wüsste, dass das eigentlich nicht sein könnte, würde ich sagen, dass es Carolettas Stimme war.“ Ricky hielt noch immer die apathische Carmen im Arm und konnte sich inzwischen kaum noch rühren. Alles in ihr schien erstarrt zu sein, doch obwohl sie selbst erbärmlich fror, versuchte sie immer noch, Carmen wenigstens das bisschen Restwärme ihres eigenen Körpers zu geben.

„Caroletta? Spinnst du? Ich glaube, du hast schon langsam Halluzina... Moment! Jetzt hab ich's auch gehört!" Lilian, die sich schon an die Stirn tippen wollte, wartete noch einen weiteren Ruf ab, ehe sie tief Luft holte, die Zügel fester packte und endlich Antwort gab.

„Caroletta, hier! Hier sind wir! Huhu, hallo, hier!"

Diabolo und Holli waren bei Lilians Ruf zusammengezuckt, doch das Mädchen hatte beide Pferde fest im Griff.

„Ho ho, keine Panik! Bin bloß ich!", sprach sie sofort beruhigend auf sie ein und wartete einen Augenblick, bis sie erneut nach Caroletta rief.

Obwohl nur wenige Minuten vergingen, kam es Ricky und Lilian wie eine halbe Ewigkeit vor, bis Caroletta und ihr Pferd langsam vor ihnen auftauchte.

„Himmel, bin ich froh, dass ich euch gefunden habe!" Caroletta atmete befreit auf. „Wenn Cora nicht ... Meine Güte! Ihr habt Carmen gefunden! Was ist mit ihr?" Caroletta stieg so schnell sie nur konnte von ihrem Pferd ab und drückte Lilian nun das dritte Paar Zügel in die Hände, ehe sie humpelnd zu dem Mädchen eilte.

„Hey, Kleine, geht's dir gut? Bist du verletzt?" Besorgt kniete sich Caroletta in den Schnee und strich Carmen behutsam über das Gesicht.

„Sie ist wach, aber sie antwortet nicht auf Fragen", sagte Ricky leise. „Sie spricht immer nur von ihrer M..."

„Mama ... Ich möchte nach Hause ..." Es fiel dem Mädchen sichtlich schwer, sich noch zu artikulieren.

„Es ist gut! Carmen! Ich bin ja da! Ich bringe dich nach Hause!", antwortete Caroletta leise, während sich ihr Blick mit dem von Ricky traf.

„Ich bin hier!“, wiederholte sie noch einmal eindringlich, ehe sie sich wieder auf die Füße rappelte.

„Wir wollten sie aufs Pferd heben, aber wir haben es nicht geschafft“, erklärte Lilian deprimiert.

„Wie lange liegt sie hier schon?“

„Keine Ahnung. Wir sind jetzt seit vielleicht zwanzig Minuten da, aber wer weiß, seit wann sie hier ist. Sie lag schon da, als wir kamen und sie per Zufall entdeckten. Da war ein Licht, und das ...“

Caroletta unterbrach mit einem Handzeichen Lilians Erklärung. „Das kannst du mir später erzählen. Ich denke, jetzt werden wir es auch schaffen, sie in den Sattel zu bringen. Ricky, du übernimmst jetzt mal die Pferde. Lilian ist größer, sie tut sich leichter als du. Halt, erst stellen wir Carmen noch auf die Füße! Herrjeh, ist das Kind nass!“

„Okay!“ Ricky und Caroletta hievten mit vereinten Kräften das völlig erschöpfte Mädchen auf die Beine. Während Caroletta sie fest untergefasst hielt, übernahm Ricky die Pferde und Lilian trat an Carmens Seite.

„Wir werden sie auf Cora setzen! Die ist nicht so hoch“, meinte Caroletta und gab Ricky ein Zeichen, dass sie das Pferd ein wenig näher heranbrachte.

„Meinst du nicht, dass es für die alte Cora zu schwer wird, wenn ihr beide auf ihrem Rücken sitzt?“, fragte Lilian zweifelnd, doch Caroletta lächelte nur.

„Keine Angst! Cora ist mehr gewöhnt, als du denkst! Sie war früher ein Lastenpferd und hat mit Sicherheit mehr Kilos durch die Gegend getragen, als Carmen und ich zusammen auf die Waage bringen. Also, auf geht’s. Lilian, jetzt gilt’s!“

„Menschenskinder, jetzt wird’s bald dunkel, und die sind immer noch nicht zurück! Ich mach mir echt Sorgen!“ Kathi stand am Fenster und starrte ununterbrochen nach draußen, während Clarissa ebenfalls ungeduldig von einem Bein auf das andere trat und kaum zuhörte, wenn die Gäste sie etwas fragten.

„Guck doch mal. Wie findest du diese Schnörkel um den Anfangsbuchstaben?“ Karen zupfte nun schon zum wiederholten Male an Clarissas Ärmel.

„Toll!“, gab die Ältere zurück, ohne überhaupt einen Blick auf das Werk der Kleinen zu werfen.

„Aber du hast doch gar nicht geguckt!“

„Doch, vorhin schon!“

„Aber jetzt sieht’s doch schon wieder ganz anders aus!“

Clarissa seufzte und wandte sich nun doch der Zehnjährigen zu. „Bitte entschuldige. Ich war gerade völlig in Gedanken! Lass mal sehen! Oh, das ist ja wirklich ein Kunstwerk, was du da geschaffen hast! Ehrlich! Hab noch nie vorher so ein schönes Namensschild gesehen!“

Karen strahlte. „Echt?“

„Na klar!“, antwortete Clarissa und musste dabei noch nicht einmal lügen.

„Ich werde mal Boxenschildermalerin!“, verkündete Karen jetzt lautstark und lief zurück auf ihren Platz, um hier und da noch eine Kleinigkeit an den schwungvoll gezeichneten Buchstaben auszubessern.

„Boxenschildermalerin! So’n Quatsch! Das gibt’s doch gar nicht!“, grinste Philipp seine Schwester an.

„Dann erfinde ich eben diesen Beruf!“

„Ja klar! He, Quirin, gehen wir jetzt in den Stall?“

Quirin schaute auf und schüttelte seinen Kopf. „Schon vergessen? Wir beide haben Dienst fürs Abendessen! Ich denke, dass es nur eine Frage der Zeit ist, wann Frau Magenta hier erscheint.“

Philipp zog einen Flunsch. „Mist! Hatte ich total vergessen! Aber wir dürfen doch heute Abend schon noch einmal in den Stall schauen, oder?“

„Oh ja, bitte!“ Auch die anderen Kinder wollten natürlich zumindest „ihren“ Pferden noch gute Nacht sagen.

„Ich denke schon, aber ich würde sagen, dass wir damit bis nach dem Abendessen warten“, schlug Marc vor, in der Hoffnung, dass Caroletta bis dahin mit den anderen Reitern zurückgekehrt war. Noch immer hatte er Carmens Vater nicht erreicht.

„Och, das kann ja noch dauern!“ Anne schaute neidisch auf Florin, den Marcs Aussage nicht weiter störte, denn er war ja zum Stalldienst eingeteilt und würde seinem Silver somit schon eher eine Karotte zustecken können.

„Sagt mal, müssten Ricky und, wie heißt sie, Lilian nicht schon längst zurück sein?“, fragte Mona mit einem Mal.

„Genau! Und was ist nun eigentlich mit Carmen? Was passiert, wenn sie nicht gefunden wird?“, wollte nun auch Philipp wissen.

Marc, Kathi und Clarissa wechselten schnelle Blicke mit Hannes und Quirin.

„Ich denke, sie werden sicherlich gleich hier eintrudeln“, versuchte Marc so unbefangen wie möglich eine Antwort auf Monas Frage zu geben. „Schließlich sind sie schon lange genug unterwegs und wissen, dass sie vor Einbruch der Dunkelheit im Stall zurücksein müssen!“

„Ja, aber was ist mit Carmen?“, beharrte Philipp auf seiner Frage, und plötzlich war es still in Carolettas Küche.

Jetzt bloß nichts Falsches sagen, dachte Kathi und kramte verzweifelt in ihrem Hirn nach den richtigen Worten, während sie an Caroletta dachte, die ihnen eingeschärft hatte, die jugendlichen Gäste keinesfalls mehr zu beunruhigen als notwendig.

„Na ja, ich denke, ich meine, also ich bin mir ziemlich sicher, dass Ricky und Lilian sie gefunden haben“, druckste sie herum.

„Meinst du wirklich?“

Kathi seufzte auf. „Ich weiß es nicht“, sagte sie dann äußerst leise. „Aber ich hoffe es zumindest sehr! Schließlich kann Carmen nicht verschollen sein!“

„Müsste Caroletta nicht die Polizei oder zumindest Carmens Vater benachrichtigen, anstatt im Bett zu liegen?“, fragte Mona auf einmal recht schnippisch mit hochgezogener Augenbraue. „Ich meine, wie kann sich die Frau seelenruhig schlafen legen, während einer ihrer Gäste verschwunden ist. Eigentlich macht sie es sich recht einfach. Schickt zwei Reiter bei diesem Wetter los und ...“

„Mona, ich denke, es wäre besser, wenn du deinen Mund halten würdest! Du hast keine Ahnung! Außerdem haben wir uns freiwillig gemeldet, um nach Carmen zu suchen! Du hast genau mitgekriegt, dass es Caroletta gar nicht recht war, dass wir losgeritten sind“, fiel ihr Marc scharf ins Wort. „Und ich denke, dass Caroletta schon weiß, wann sie wen zu benachrichtigen hat!“

„Warum soll ich den Mund halten? Ihr macht hier einen auf heile Welt, lasst uns hier schwachsinnige Schilder malen, gerade so, als wenn alles in Ordnung wäre.“

„Ich weiß nicht, aber ich glaube ebenfalls, dass man die Polizei ...“, begann nun auch Anne, die ausnahmsweise einmal gleicher Meinung wie ihre Schwester war.

„Komm, sei du ruhig! Du weißt ja noch nicht einmal, wie das Wort ‚Polizei‘ richtig geschrieben wird!“ Mona hatte noch nicht einmal gemerkt, dass Anne sie unterstützen wollte.

„Ich glaube, es wäre keinem geholfen, wenn wir hier trübsinnig herumsitzen, Däumchen drehen und auf Carmens Rückkehr warten würden. Dafür haben eure Eltern schließlich nicht bezahlt, als sie euch hierher in die Pferdeferien geschickt haben“, versuchte Brigitta nun die Wogen ein wenig zu glätten.

„Carmens Vater hat auch nicht dafür gelöhnt, dass seine

Tochter verloren geht! Und die Frau liegt im Bett und pennt! Das ist echt die Härte!“

„Mona, du kannst ein richtiges Scheusal sein! Weißt du das? Was glaubst du denn, wie sich Caroletta fühlt? Meinst du denn, dass sie darüber glücklich ist, dass Carmen einfach abgehauen ist? Sie kann doch schließlich nichts dafür!“

„Warum ist sie dann nicht hier und setzt Himmel und Hölle in Bewegung, dass Carmen wieder zurückkommt? Ich finde das wirklich die Härte! Wenn sie sich wenigstens selbst auf die Suche gemacht hätte, anstatt darauf zu hoffen, dass ein Wunder geschieht!“

Kathi, Marc und Clarissa schauten sich lange an, wobei sie die Anspannung fühlten, die in ihnen brodelte.

Was sollten sie jetzt tun? Sollten sie sagen, dass Caroletta ebenfalls in diesem Schneesturm unterwegs war? Oder sollten sie sich an ihre Anweisung halten, nichts zu sagen? Aber Monas Worte konnten sie nicht einfach so im Raum stehen lassen, oder doch?

„So, ihr Lieben, nun räumt mal eure Bastelsachen auf die Seite und gebt die Küche für mein Personal und mich frei, damit wir etwas zu essen zaubern können!“ Marcs Mutter trat genau im richtigen Moment ein. „Wo ist meine Crew?“

Quirin und Philipp hoben grinsend die Hände. „Melden uns zur Stelle!“

„Oh, zwei Männer! Wie wunderbar!“, lachte Frau Magenta. „Also, ihr Lieben, ich werde euch heute in die große Kunst des Kartoffelsalates und der Frikadellen einweihen! Schließlich ist es kein Fehler, wenn Männer auch kochen können, nicht wahr?“

Quirin verdrehte die Augen, aber Philipp klatschte in die Hände.

„Frikadellen kann ich! Hab ich schon mit meiner Mum zusammen gemacht“, sagte er stolz.

„Na prima! Dann mal los! Quirin hol bitte zwei Säckchen

Kartoffeln aus der Kammer und Philipp kann schon mal das Wasser aufsetzen! Jetzt legen wir los!“

Hannes und die anderen hatten inzwischen die Bastelsachen in eine Kiste gepackt und waren nun dabei, die Namensschilder vom Tisch zu räumen.

„Ich denke, wir werden jetzt schnell das Feld räumen, ehe wir womöglich noch zum Kartoffelschälen verdonnert werden“, grinste er und führte die Meute aus der Küche. Er hatte vor, mit den Kindern im Wohnzimmer ein Pferdequiz zu veranstalten, während Marc, Lina und Florin sich an die Stallarbeit machen würden.

„Hey, ich helfe euch!“ Brigitta schloss sich den Stallburschen an. „Schließlich ist Lilian noch nicht zurück!“

„Super! Danke!“ Marc zog sich seine wattierte, endlich wieder getrocknete Jacke über und war froh, dass er in den Stall entfliehen konnte, ehe Mona ihn womöglich noch einmal mit ihren unverschämten Äußerungen zur Weißglut bringen würde.

Kathi und Clarissa tun mir Leid, dachte er noch, ehe die Verbindungstür zum Stall hinter ihm und seinen Helfern zufiel.

Gewissenhaft schaute er auf seine Armbanduhr. In einer Viertelstunde würde er erneut einen Anruf bei Herrn Lisser starten. Irgendwann musste er ja schließlich wieder zu Hause sein.

Kapitel 7

„Könnt ihr noch was erkennen? Ich komme mir vor wie ein blindes Huhn!“ Lilian hielt ihre Augen angestrengt geöffnet, doch mit Einbruch der Dunkelheit war inmitten dieses Schneegestöbers kein Weg mehr zu erkennen.

Ricky schüttelte als Antwort nur stumm den Kopf. Sie war total durchgefroren und wünschte sich nichts sehnlicher, als eine heiße Badewanne und ihr Bett.

Caroletta hatte Carmen mehr hängend als sitzend im Arm und drückte sie an sich, während sie Cora einhändig am langen Zügel ritt.

„Wir müssten in ein paar Minuten zu Hause sein“, sagte sie mit fester Stimme.

„Bist du dir sicher? So langsam fühle ich rein gar nichts mehr. Alles ist taub.“

„Ich BIN mir sicher!“

Schweigend ritten sie weiter, und wenn Ricky ehrlich war, glaubte sie nicht an Carolettas Worte. Es war ihr ein Rätsel, wie es möglich sein sollte, unter diesen Bedingungen überhaupt eine Richtung halten zu können. Doch tatsächlich tauchte nach nicht allzu langer Zeit ein Lichtschein in der Dunkelheit auf.

„Nee, oder?“ Fasziniert starrte sie auf die hell erleuchteten Fenster der Mercy-Ranch.

Caroletta atmete erleichtert auf. „So, Kinder, gleich haben wir's geschafft! Cora hat uns prima nach Hause gelotst!“

Lilian und Ricky schauten sich an.

„Cora?“

Caroletta nickte. „Natürlich Cora, wer denn sonst? Glaubt ihr, dass ich mehr gesehen habe als ihr? Ich habe mich darauf verlassen, dass mein altes Mädchen hier mit Sicherheit den Weg in ihren warmen Stall zurückfinden würde, und sie hat mich nicht enttäuscht!“

Ricky erinnerte sich daran, dass auch Diabolo sie schon einmal bei Nacht und Nebel sicher nach Hause gebracht hatte und empfand eine tiefe Hochachtung vor dem Instinkt eines Pferdes.

„Aber was wäre gewesen, wenn sie den Weg nicht gefunden hätte?“, fragte Lilian bibbernd.

„Sie hat ihn gefunden! Alles andere ist unwichtig!“

Schon bald hatten die Reiter den Hof erreicht und ließen ihre Tiere direkt vor dem hell erleuchteten Stall anhalten.

„Ricky, schnell! Geh rein und schau, dass uns jemand helfen kann Carmen aus dem Sattel zu heben. Sie muss sofort ins Haus!“, ordnete Caroletta an, doch noch ehe das Mädchen abgestiegen war, flog die Stalltür auf und Marc, Brigitta und Lina kamen angerannt.

„Ihr seid wieder da! Gott sei Dank! Habt ihr ...“

„Los, kommt her! Carmen ist total unterkühlt. Ihr müsst ganz vorsichtig mit ihr sein. Einer nimmt sie auf ihrer rechten Seite, einer links, dann zieht ihr sie langsam herunter. Lina, du übernimmst die Beine ... Kommt, macht schnell!“

Florin stand bleich in der Stalltür.

„Florin, mach die Haustür auf!“, rief Caroletta zu ihm herüber. „Nun mach schon! Lilian, nimm Cora mit in den Stall!“

Erschrocken zuckte der Zehnjährige zusammen, doch dann rannte er über den Gang zurück in den Wohnbereich, wo er fast mit Mona zusammenstieß, die gerade von der Toilette zurückkam.

„Mensch! Pass doch auf!"

„Sorry! Es ist dringend!", gab der Junge gehetzt zurück und steuerte auf die Eingangstür zu.

„Sag mal, hast du sie nicht mehr alle?", fragte Mona, als Florin nach dem Türknauf griff und gleich darauf die eiskalte Winterluft ins Haus strömte. „Du hast echt einen Knall! Mach sofort die Tür wieder zu!"

„Sie sind zurück! Und sie haben Carmen gefunden!"

„Echt?"

„Florin, mach die Tür weiter auf! Schnell!", ertönte Carolettas feste Stimme, und gleich darauf betraten Brigitta und Marc den Hausgang. In ihrer Mitte hielten sie Carmen nur mit Mühe einigermaßen aufrecht.

Caroletta eilte, ohne auf die nasse Spur zu achten, die sie hinterließ, an den Kindern vorbei, schob Mona unwirsch zur Seite und riss die Wohnzimmertür auf.

„Legt sie erst einmal auf das Sofa! ... Platz da!" Mit einer Handbewegung scheuchte sie Anne, Kathi und Clarissa von ihrem Platz auf, wischte die Karten, die dort lagen, zu Boden und zog mit Schwung den Tisch zur Seite, auf dem ein paar gefüllte Sprudelgläser standen, die schwankten und überschwappten.

„Was ist denn mit d...", setzte Hannes an, doch er verstummte augenblicklich, als er sah, dass Caroletta total durchnässt war und die beiden Reiterfreunde Carmen hereinbrachten, um sie vorsichtig auf das Sofa zu legen.

Caroletta zog schnell ihre Jacke aus und warf sie achtlos zu Boden. „Kathi und Clarissa, ihr beide bleibt hier und helft mir. Alle anderen: raus!"

„Aber ...!"

„RAUS, sagte ich!" Carolettas Stimme ließ keinen weiteren Widerspruch zu, sodass die Kinder taten, was Caroletta befahl.

„Ach, Marc ... Konntest du Herrn Lisser erreichen?"

In der Tür wandte sich der Junge um. „Sorry, das hatte ich ganz vergessen dir zu sagen. Ja, ich hab ihn allerdings erst vor kurzem erreicht. Er kommt hierher.“

„Das ist gut! Danke, Marc! Und jetzt lass uns alleine!“

Kaum war die Zimmertür geschlossen, begann Caroletta damit, das Mädchen auszuziehen.

„Kathi, du läufst sofort in Carmens Zimmer und holst trockene Kleidung für sie. Halt, und vorher bringst du eines der großen Frottiertücher hierher, und sag Marcs Mutter, dass sie eine Wärmflasche vorbereiten soll! Clarissa, du musst mir helfen. Wir richten sie auf und du stützt sie, während ich sie ausziehe!“

„Okay!“

Beide Mädchen taten wie geheißen, und während Kathi davonstürmte, versuchte Clarissa so gut wie möglich, Caroletta bei ihrer Arbeit zu unterstützen. Ängstlich schaute sie immer wieder auf Carmen, die mit glasigem Blick geradeaus gegen die Wand starrte.

„Mein Gott, kann sie überhaupt hören, was du zu ihr sagst?“, fragte sie Caroletta leise, die ruhig auf das Mädchen einsprach. „Sie sieht aus, als wenn sie einen Geist gesehen hätte!“

In diesem Moment huschte ein müdes Lächeln über Carmens Gesicht. „Mama ... wie schön ... ich ... komme ...“, kraftlos versuchte sie, ihre Arme auszustrecken.

„Ich muss dringend einen Arzt anrufen!“, flüsterte Caroletta und legte dem Mädchen eine dicke Flauschdecke um. „Himmel noch mal, wo bleibt denn Kathi nur so lange?“

„Bin schon da!“, tönte es da von der Tür her, und schon rubbelte Caroletta Carmens Haut, bis sie sich rötete.

„Mach weiter!“, bat sie gleich darauf Clarissa. „Bin sofort wieder hier!“ Caroletta eilte hinaus und verschwand hinter der Tür ihres Büros.

Ohne sich die Zeit zu nehmen, sich erst hinzusetzen, griff

sie nach dem Telefonhörer und wählte die Nummer des nahen Krankenhauses.

Marc war mit Brigitta und Lina zurück in den Stall geeilt, um Ricky und Lilian das Versorgen der durchnässten Pferde abzunehmen.

„Mensch, ihr seid ja total durchgefroren! Zieht euch erst mal trockene Klamotten an! Wir machen das hier schon!" Brigitta schob Lilian aus Hollis Box und begann damit, ihn abzusatteln.

„Brigitta hat Recht!" Marc nickte Ricky ernst zu, und aus seinem Blick konnte sie entnehmen, dass er sich ziemliche Sorgen um sie gemacht hatte.

„Sie lag im Wald, als wir sie fanden. Zum Glück hatte sie ihren Schal verloren, sonst wären wir gar nicht weitergeritten", begann Ricky zähneklappernd, doch Marc schüttelte entschieden seinen Kopf.

„Das kannst du nachher auch noch erzählen. Geh jetzt rein! Wir kümmern uns schon um die Pferde!"

„Na gut!"

Nachdem Ricky und Lilian hinter der Verbindungstür verschwunden waren, schlüpfte Lina zu Diabolo hinein.

„Wenn's für dich in Ordnung ist, übernehme ich ihn", sagte sie, ohne Rickys Freund dabei anzuschauen.

„Okay! Ich werde mich dann mal um Cora kümmern!", gab Marc zurück und verschwand in der Box der alten Pferdedame.

„Habt ihr gewusst, dass Caroletta auch mit dem Pferd unterwegs war?", fragte Lina nach geraumer Zeit, während sie Diabolos Fell mit einem alten Handtuch und Bürsten bearbeitete, um es wieder trocken zu bekommen.

„Ja! Aber sie hatte uns verboten, etwas zu sagen, um die anderen nicht zu beunruhigen."

„Ach so!" Lina schüttelte ihren Kopf. „Diese Carmen ist

doch wirklich eine blöde Nuss! Warum musste sie ausgerechnet bei solch einem Wetter abhauen?"

„Vielleicht sagt sie es dir ja, wenn sie wieder ansprechbar ist!", tönte Brigitta aus Hollis Box.

„Das glaubst du doch wohl selbst nicht, oder?"

„Nee, eigentlich nicht. Wie weit seid ihr? Das Schimmelchen hier ist so gut wie trocken. Mehr geht nicht."

„Ich bin mit Cora ebenfalls fertig, und du Lina?"

Das Mädchen befühlte Diabolos Fell, das ebenfalls kaum noch feucht war.

„Oh, ich muss noch ein bisschen weitermachen! Am Bauch ist der echt noch voll nass!", flunkerte sie, während sie es vermied Marc oder Brigitta anzuschauen.

„Okay. Dann bring dein Werk mal noch schön zu Ende. Den Stall haben wir vorhin ja schon soweit fertig gemacht. Ich will mal nach Ricky sehen. Brigitta, bleibst du noch hier oder gehst du mit?"

Das Mädchen nickte. „Ich geh mit. Ich möchte wissen, was mit Carmen los ist."

„Bin gleich so weit, dann komme ich nach!" Lina bürstete weiter Diabolos Fell, und erst, als sie die Verbindungstür zuklappen hörte, ließ sie ihre Hand sinken.

„Du bist so ein wundervolles Tier", flüsterte sie leise dem Rappen zu und schaute ihn sehnsüchtig an, während er genüsslich sein Maul in dem duftenden Heu vergrub. „Warum kannst du nicht mir gehören?"

Diabolo gab natürlich keine Antwort, sondern widmete sich ausgiebig seiner Mahlzeit.

In Lina wuchs immer mehr das Verlangen, Diabolo einmal zu reiten, und je mehr sich dieser Gedanke in ihr festsetzte, umso stärker wurde ihre Abneigung Ricky gegenüber, die ihr niemals die Möglichkeit dazu geben würde. Es würde wohl immer ein Traum für sie bleiben, sich dem wiegenden Rhythmus Diabolos trommelnder Hufe hinzugeben.

Lina schloss für einen Augenblick ihre Augen und sah sich in Gedanken auf dem Rappen sitzend über die Schneelandschaft dahinfliegen.

„Und ich werde dich reiten!“, sagte sie auf einmal laut vor sich hin, ohne sich dessen bewusst zu sein.

„Das traust du dich nicht! Ricky würde dich auseinandernehmen!“

Linas Kopf flog herum, und sie starrte erschrocken auf Mona, die plötzlich im Stallgang stand.

„Wo kommst du denn auf einmal her? Schleichst du dich immer so an?“

Mona grinste. „Ich bin nicht geschlichen, aber wer so in Gedanken ist wie du, der kann ja nichts mitbekommen!“

„Was tust du überhaupt hier? Solltest du nicht bei den anderen sein?“, fragte Lina ungehalten, während sie sich beeilte, Diabolos Box zu verlassen.

„Das könnte ich dich genauso gut fragen“, gab Mona lässig zurück.

„Wir haben die Tiere versorgt, das siehst du doch!“

„Wer ist wir? Ich seh nur dich, und ich hab gehört, was du gesagt hast!“

„Du kannst nichts gehört haben, denn ich habe nichts gesagt!“ Lina wollte in den Wohnbereich hinübergehen, doch sie blieb stehen, als Mona sie erneut ansprach.

„Ich weiß gar nicht, was du an diesem Diabolo so toll findest. Mir gefällt Sharazan viel besser! Muss ein irres Gefühl sein, den zu reiten!“

„Warum fragst du dann nicht einfach Marc, ob er dich mal reiten lässt?“

Mona verzog ihr Gesicht. „Du fragst ja auch nicht!“

„Was?“

„Na, ob du Diabolo reiten darfst.“

„Hab ich doch schon, na ja, so mehr oder weniger, aber Ricky ...“

„Sie ist doof!" Monas Worte kamen wie aus der Pistole geschossen, während sie Lina ansah.

„Meinst du das im Ernst?"

„Ja! Von allen wird sie auf einmal hochgejubelt, nur weil sie Carmen gefunden hat."

„Aber Lilian war doch auch mit dabei und Caroletta ..."

„Na ja, Lilian wollte anscheinend schon früher umdrehen und Ricky hat aber drauf bestanden, noch ein Stück weiterzureiten, und Caroletta ist ja sowieso erst dazugekommen, als die beiden Carmen schon gefunden hatten. Also ist es Ricky zu verdanken, dass das Mädel wieder zurück ist."

„Na toll! Heldin des Tages, oder wie?" Linas Stimme bekam einen zynischen Unterton.

„So in etwa!"

„Klasse!"

Für einen Moment herrschte Stille zwischen den beiden, und sie starrten sich nur an, abwägend, was der andere gerade wohl dachte.

„Du magst sie absolut nicht, oder?" Mona verlagerte ihr Gewicht auf das andere Bein und verschränkte ihre Arme.

„Nein!" Linas Antwort kam scharf und wie aus der Pistole geschossen zurück. „Seit es die Mercy-Ranch gibt, gehen Brigitta, Hannes, Quirin, Clarissa und ich hier ein und aus, helfen Caroletta, wo es nur geht, und das macht total Spaß. Kaum kreuzen hier jedoch Ricky und ihre Freunde auf, habe ich den Eindruck, dass wir total abgemeldet sind. Das geht schon seit Wochen so! Und soll ich dir was sagen? Das stinkt mir total!" Lina wandte ihren Blick ein wenig ab, damit Mona nicht sehen konnte, was sie ihr für Lügengeschichten auftischte. Schließlich hatte sie bis heute Morgen noch gar nichts von Rickys und Diabolos Existenz gewusst, aber das Mädchen hatte das Gefühl, dass Mona eine Verbündete werden könnte.

„Echt? So schlimm?"

„Noch schlimmer!“ Linas Blick fiel wieder auf Diabolo. „Sie hat mir versprochen, dass ich ihn reiten darf, aber sobald ich sie darauf anspreche, will sie nichts mehr davon wissen! Das ist doch echt blöde, oder? Ich meine, dann hätte sie es doch erst gar nicht versprechen sollen! Ich bin wirklich sauer auf sie!“

„Kann ich verstehen!“ Mona nickte. Genauso hatte sie diese Ricky auch eingeschätzt. „Und jetzt willst du ihn trotzdem reiten, oder wie?“

Lina zögerte für den Bruchteil einer Sekunde, ehe sie antwortete. „Ja! Sie muss es ja nicht unbedingt erfahren!“

Mona grinste. „Keine Angst, von mir erfährt sie nichts! Du bist echt cool drauf! Aber wie willst du das anstellen? Ich meine, die bewacht ihr Pferd doch mit Argusaugen.“

Lina biss sich auf die Lippen und überlegte angestrengt. „Also, wenn du wirklich nichts verrätst, dann ...“

„Ich bin schweigsam wie ein Grab!“, unterbrach Mona ihre neue Freundin noch mitten im Satz.

„Okay, dann pass auf. Ich hab mir gerade Folgendes überlegt: Wir könnten ...“

„Wir?“

„Na ja, vielleicht willst du ja mitreiten! Ich dachte, dir gefällt Sharazan so gut?“ Lina wusste, dass sie nur sicher gehen konnte, dass sie von Mona nicht verpfiffen wurde, wenn sie sie mit ins Boot zog.

Mona schaute sie zweifelnd an. Wenngleich sie sich auch nichts sehnlicher wünschte, als auf Sharazan mal eine Runde zu drehen, war sie sich nicht mehr so ganz sicher, ob sie den Mut aufbringen würde, das Tier heimlich, hinter Marcs Rücken, zu reiten.

„Ich weiß nicht so recht.“

Lina schaute sie verächtlich an. „Erst große Töne spucken, und dann keinen Mumm aufbringen! Das hätte ich nicht von dir gedacht!“

Das wiederum wollte Mona nicht auf sich sitzen lassen. „Okay! Gut! Ich mach mit!“

Lina grinste sie verschwörerisch an. „Bist du sicher?“

„Ja!“

„Also gut. Ich dachte mir das so ...“

Carmen lag mittlerweile warm in eine dicke Steppdecke gehüllt in ihrem Bett. Caroletta und Ricky saßen bei ihr und versuchten, ihr eine heiße Brühe schmackhaft zu machen, während sie auf den Arzt warteten.

„Mädchen, was machst du nur für Sachen! Komm, trink! Du musst wieder zu Kräften kommen! Dein Vater ist hierher unterwegs!“, sagte Caroletta mit einem Lächeln.

„Ich mag das nicht“, antwortete Carmen schwach, öffnete dennoch ihren Mund.

„Das macht nichts! Iss trotzdem! Es wird dir gut tun und neue Lebensgeister in dir wecken. Wir wollen doch nicht, dass dein Vater sich noch größere Sorgen um dich machen muss, oder?“

Carmen seufzte. „Er wird mich umbringen!“

Caroletta lachte leise. „Das wiederum glaube ich nicht. Er war jedenfalls sehr erleichtert zu hören, dass wir dich gefunden haben. Mach dir keine Gedanken, Carmen, das wird schon alles wieder!“

Nach ein paar Löffeln schaute das Mädchen völlig unvermittelt auf Ricky, die sie schweigend betrachtete.

„Mama war bei mir!“

Ricky zuckte zusammen.

„Sie kam in einem wundervollen Licht. Ich habe sie so noch nie zuvor gesehen“, sprach Carmen leise weiter. „Sie war auf einmal da, wie ein lichter Nebelschleier, der aus dem Nichts erschien. Sie war da und hat zu mir gesprochen! Sie sagte, dass ich nicht vor dem Leben davonlaufen dürfe, und dass ich nicht traurig darüber sein sollte, weil sie nicht mehr bei mir ist. Und sie sagte, dass Papa mich sehr lieb hat und ich endlich wieder glücklich sein soll ..."

Caroletta fixierte das Mädchen mit ihrem Blick, und man merkte ihr an, wie es in ihrem Kopf arbeitete.

Ricky fühlte, wie ihr bei Carmens Worten ein Kälteschauer über den Rücken lief.

„Du warst ziemlich durchgefroren, Kind, und du warst nicht ganz bei Sinnen, als wir dich gefunden haben. Sicherlich war es ein Traum, den du ..."

Carmen schüttelte ihren Kopf.

„Ich habe sie gesehen, Caroletta! Ich schwör's! Sie hat gesagt, dass ich keine Angst haben solle, und dass alles gut wird. Sie ... sie lief neben deinem Pferd her, als ihr mich nach Hause gebracht habt, und sie stand auch in deinem Wohnzimmer! ... Ich bin nicht verrückt, das müsst ihr mir glauben!" Carmens Augen füllten sich mit Tränen.

„Du bist nicht verrückt, Kleines, aber ich denke, dass du dir in diesen Momenten ganz einfach deine Mutter zurückgewünscht hast, und du sie deswegen gesehen hast."

Carmen seufzte schmerzerfüllt auf. „Vielleicht ... Vielleicht war es so, ich weiß es nicht", räumte sie ein, doch im Augenblick war sie viel zu erschöpft, um weiter darüber nachzudenken.

Mona und Lina betraten einträchtig die Küche, in der die anderen bereits um den großen ovalen Tisch herumsaßen und Marcs Mutter einen Teller nach dem anderen mit Kartoffelsalat und Frikadellen füllte.

„Ihr kommt genau richtig", stellte sie mit einem Lächeln auf die beiden Mädchen fest. „Setzt euch! Quirin und Philipp sind wahre Küchenmeister geworden! Ihr werdet begeistert sein!"

Mona warf einen spöttischen Blick auf die Jungen, die sich stolz in die Brust warfen.

„Wenn das so ist, dann könnten sie ja für die restlichen Tage den Küchendienst auch noch übernehmen“, meinte sie.

Quirin tippte sich an die Stirn. „Nee! Also, ein Mal ist das ja okay, aber gleich sieben Tage?! Ich glaube, da würde ich auswandern!“

„Auswandern? Willst du Carmen Konkurrenz machen?“

„Quatsch! So witzig finde ich das übrigens nicht!“

„Also, meiner Meinung nach hat die nicht mehr alle Tassen im Schrank! Sagt, sie hätte ihre Mutter in einem hellen Licht gesehen! So ein Blödsinn!“ Hannes schüttelte verständnislos seinen Kopf.

„Einen Geist? Echt?“ Anne war bleich geworden. „Woher weißt du das?“

„Ich hab’s vorhin gehört, als ich an ihrem Zimmer vorbeigelaufen bin und sie es Caroletta erzählt hat.“

„Uiii ... hier spukt’s! Cool!“, lachte Philipp, doch er erntete sofort einen strafenden Blick von Lilian. „Warum guckst du denn so? Ich meine, schließlich neigen Mütter nun mal nicht dazu, die Reiterferien ihrer Kinder in Form von Lichtgestalten zu überprüfen!“

Lilian stocherte lustlos in ihrem Kartoffelsalat herum. Sie war von der Suche in der Kälte ziemlich kaputt, und das Geschwätz der anderen ging ihr ziemlich auf den Wecker.

„Ihr solltet endlich damit aufhören, euch über Carmen und ihre Mutter lustig zu machen! Ihr habt wohl schon vergessen, dass sie tot ist, oder?“

„Ach komm, hör auf! Das war jetzt doch nicht böse gemeint, aber ich finde Carmens Gequatsche über die Erscheinung ihrer Mutter einfach nur doof!“, versuchte sich Hannes zu rechtfertigen.

„Hey, Phil, die Frikadellen sind echt supi! Muss Mama sagen, dass du in Zukunft das Kochen übernehmen willst!“ Karen streckte anerkennend ihren Daumen nach oben.

„Und zu dem Salat sagt ihr nichts?“ Quirin machte ein beleidigtes Gesicht.

„Also, ehrlich gesagt, zu viel Salz, zu viel Essig, zu viel Würze, zuv...“

„Noch einen Ton, Lady Brigitta, und ich werde zum Tier!“, warnte Quirin seine Reiterfreundin, die ihm verschwörerisch zublinzelte.

„Solange du zu einem Pferd wirst, hab ich nix dagegen!“, meinte sie. „Dann kriegst du dein Gnadenbrot auf der Mercy-Ranch!“

„Das wär's noch, und du musst meine Box ausmisten! Ich ...“ Quirin hatte noch nicht zu Ende gesprochen, als es an der Haustür Sturm klingelte.

„Wer kommt denn jetzt noch so spät?“, fragte Florin mit vollem Mund.

„Keine Ahnung, aber wir werden das sicherlich gleich wissen“, antwortete Marcs Mutter, wischte sich die Hände an ihrer Küchenschürze ab und verließ die Küche, um zu öffnen, doch Marc überholte sie im Eilschritt.

„Ich mach schon auf! Das ist Carmens Vater oder der Arzt, den Caroletta angerufen hat!“, erklärte er schnell im Vorbeilaufen und keine zwei Minuten später führte er Herrn Lisser zu Carmens Zimmer.

Caroletta setzte zu einer Begrüßung an, doch der Mann streifte sie lediglich mit einem besorgten Blick, ehe er vor dem Bett, in dem seine Tochter lag, auf die Knie sank.

„Warum nur?“, flüsterte er heiser, während seine leicht bebende Hand die ihre umschloss und sanft drückte.

„Es tut mir so Leid“, gab Carmen mit leiser, verzagter Stimme zurück, und Tränen bahnten sich einen Weg über ihre geröteten Wangen.

„Warum hast du das getan? Warum bist du davongelaufen? Weißt du denn nicht, was für einen Schrecken du uns allen damit eingejagt hast? Und ich hatte bei meiner Abfahrt hier den Eindruck, dass mit dir alles okay wäre, aber du ... Weißt du nicht, in welche Schwierigkeiten du Frau Koszy damit hättest bringen können?“

„Das ist jetzt nicht so schlimm“, versuchte Caroletta mit rauer Stimme die Situation etwas zu entschärfen. „Die Hauptsache ist doch, dass sie wieder zu Hause ist, und dass niemandem etwas passiert ist.“

„Es tut mir so Leid!“, wiederholte das Mädchen und schluchzte auf. „Ich wollte niemals hierher, und ich hatte das Gefühl, dass du mich abschieben wolltest, weil ich dir zu viel wurde. Du hast schließlich immer wieder gesagt, dass es so mit mir nicht weitergehen kann, und dass du nicht mehr weißt, was du mit mir machen sollst.“

Jan Lisser schloss für eine Sekunde verzweifelt die Augen. „Du weißt, dass ich das nie so gemeint habe, Kleines. Ich wusste doch nur nicht mehr, wie ich es endlich schaffen sollte, dich aus deiner Lethargie herauszuholen. Du warst vor Mamas Tod immer voller Lebensfreude, voller Tatendrang, so fröhlich. Und jetzt? Es scheint, du hast alles verloren, was an Freude jemals in dir war, und ich weiß nicht, was ich tun kann, um diese Trauer, die dein Herz ausfüllt, zu verringern. Es macht mich fast wahnsinnig zu sehen, wie sehr du dich vor allem verschließt, und ich dachte wirklich, dass du hier, bei den Pferden, deine Lebensfreude wiedergewinnen würdest. Ich wollte dich niemals abschieben, hörst du?! Niemals! Du bist doch das Einzige, was mir von unserer glücklichen Familie geblieben ist. Wie konntest du nur so etwas denken?“

„Sie war da!“, flüsterte Carmen, der es unendlich weh tat, ihrem geliebten Vater wieder Sorgen bereitet zu haben.

Jan Lisser horchte auf. „Du hast sie gesehen? Wann?“, fragte er mit klopfendem Herzen.

„Als ich im Wald lag. Sie war in helles Licht getaucht.“

Caroletta und Ricky wechselten einen schnellen Blick.

„Sie sagt, sie hätte ihre Mutter gesehen, draußen, aber auch auf dem Heimweg und sogar hier im Wohnzimmer.“ Carolettas Stimme klang etwas heiser. „Ich denke, dass dies ein Fiebertraum war oder eine Wunschvorstellung.“

Herr Lisser wandte sich wieder seiner Tochter zu. „Hast du sie gesehen oder gefühlt?“, fragte er nach.

Carmen schloss die Augen und zuckte mit den Schultern. „Ich ... ich glaube schon, dass ich sie gesehen habe, aber ... ihr bringt mich total durcheinander ... jedenfalls hatte ich das Gefühl, dass sie ganz in meiner Nähe war! Es fühlte sich so an, als wenn sie mich im Arm gehalten hat!“

Das waren Caroletta und ich, dachte Ricky realistisch, und Carmen tat ihr richtig Leid. Sie musste ihre Mutter wirklich sehr geliebt haben, wenn sie sich in diese Wunschvorstellung geflüchtet hatte.

Jan Lisser richtete sich ein wenig auf. „Nun, ich habe niemals darüber gesprochen, aber ... auch ich fühle ab und zu die Präsenz meiner Frau. Das ist ein Gefühl, das nicht zu beschreiben ist, und ich frage mich nun allen Ernstes, ob es nicht doch möglich ist, dass man einen verstorbenen Menschen sehen kann ... also die Seele, meine ich.“

Caroletta schaute ungläubig zwischen Carmen und ihrem Vater hin und her. Diese beiden Menschen mussten wirklich unwahrscheinlich verzweifelt über den Tod dieser Frau sein, wenn sie sich Trugbilder und Gefühle erschufen, die nicht der Realität entsprachen.

„Ich weiß, was Sie denken, Frau Koszy“, sagte Jan Lisser leise. „Aber wir sind nicht verrückt! Ich bin davon überzeugt, dass es Dinge zwischen Himmel und Erde gibt, die mit unserem Verstand einfach nicht greifbar, aber dennoch vorhanden sind.“

Ricky lief es eiskalt über den Rücken. Sie hatte zwar schon einmal darüber gelesen, dass es Menschen gab, die angeblich Verstorbene sehen oder spüren konnten, doch so richtig hatte sie niemals an diese Geschichten geglaubt, zumindest bis jetzt.

„Ich geh dann mal zu den anderen“, brachte sie stockend hervor und entfernte sich schnell, ohne auf eine Antwort von Caroletta zu warten. Sie hatte das dringende Bedürfnis, dieses Zimmer zu verlassen, das ihr auf einmal so eng und sie zu erdrücken schien. Sie musste raus, am besten an die frische Luft, um wieder zu Atem zu kommen. Das, was sie gehört hatte, machte ihr einerseits Angst, doch andererseits faszinierte sie die Vorstellung, dass Menschen nach ihrem Tod wohl doch noch existieren sollten.

Sie war schon auf dem Weg zur Haustür, als sie es sich anders überlegte und zurücklief. Diabolo würde im Augenblick der Einzige sein, der ihr zu ihrer inneren Ruhe verhelfen konnte.

Etwa zehn Minuten später traf der gerufene Arzt auf der Mercy-Ranch ein.

Nachdem er Carmen untersucht hatte, stellte er fest, dass das Mädchen zwar unterkühlt war, sich aber keine größeren Schäden zugezogen hatte. Sicherheitshalber bestand er jedoch trotzdem darauf, sie für ein bis zwei Tage ins Krankenhaus einzuweisen.

Schweren Herzens verabschiedete sich Caroletta von Carmen und versprach ihr, dass sie jederzeit wiederkommen dürfe.

„Mach's gut, Kleine, und viel Glück!“, sagte sie leise, während sie in der Tür stand und den Autos nachblickte, die langsam in der Dunkelheit verschwanden.

Kapitel 8

Zwei weitere Tage vergingen, in denen die Kinder zwar noch viel an Carmen dachten, jedoch schnell wieder zum Alltag zurückfanden, zumal Jan Lisser noch einmal auf die Ranch zurückgekehrt war und Caroletta voller Freude berichtet hatte, dass seine Tochter sich schneller erholte, als er zu hoffen gewagt hatte.

„Ich soll alle recht herzlich von ihr grüßen, und sie bedankt sich vor allem bei Ihnen, Frau Koszy, wie auch bei Ricky für alles, was Sie beide für sie getan haben. Carmen würde gerne im Sommer wieder hierherkommen, wenn Sie nichts dagegen haben! Ach ja, meine Tochter und ich haben uns im Übrigen ausgesprochen, und wir haben beschlossen, unser Leben wieder richtig in die Hand zu nehmen“, hatte er noch etwas verlegen erklärt, ehe er sich dann wieder verabschiedete.

Wieder eine Sorge weniger, dachte Caroletta aufatmend und konnte sich nun wieder richtig auf ihre restlichen Gäste konzentrieren, deren Tage von ihrer Arbeit mit den Pferden, mit lustigen Spielen, Küchendiensten, lautstarken Schneeballschlachten und natürlich mit Reiten ausgefüllt waren.

Sobald das Schneegestöber nachgelassen hatte und die Sonne mit ihrem Strahlen die herrliche Winterlandschaft in eine zauberhafte Märchenwelt verwandelt hatte, durften die Kinder nun endlich ihre Pflegepferde satteln und unter der Aufsicht von Ricky und ihren Freunden ins nahe Gelände reiten.

Florin, Philipp, Anne und Karen saßen stolz auf ihren

vierbeinigen Lieblingen, die als Handpferde von den älteren Reitern geführt wurden.

„Das ist mir so lieber“, hatte Caroletta gemeint, als die Zehnjährigen im ersten Moment einen Flunsch gezogen hatten. „Wenn ihr ein bisschen sicherer im Reiten geworden seid, dürft ihr selbstverständlich auch alleine reiten.“

„Na ja, besser als gar nichts“, war Annes Kommentar gewesen, doch sie musste einsehen, dass ihre Reitkenntnisse nun wirklich noch nicht dazu ausreichten, um alleine im Gelände zu reiten.

„Also, mir ist das wurscht! Ich weiß, dass ich noch nicht so gut reite. Ich denke mir einfach diesen Führzügel weg“, lachte Florin und klopfte stolz seinem Silver den Hals. „Wenn ich nächstes Jahr wiederkomme, bin ich sicherlich so weit, dass ich frei reiten kann.“

„Kommst du echt wieder hierher?“, fragte Philipp mit mindestens ebenso strahlenden Augen.

„Na klar! Ich find’s hier toll!“

„Also dann bequatsche ich meine Mutter, dass ich auch wieder kommen darf!“

Florin nickte heftig. „Das wäre super!“

Nach dem Mittagessen überraschte Caroletta ihre Gäste damit, dass sie sie ins Kino einlud.

„Da kommt ein Film über das Leben eines Rennpferdes. Hab mir gedacht, dass euch das vielleicht gefallen könnte“, meinte sie mit einem breiten Lächeln, während die Kinder in Begeisterungsstürme ausbrachen.

„Oh Mann! Ja! Ich hab die Vorschau gesehen! Der Film soll einfach nur genial sein!“ Clarissas Augen leuchteten erfreut.

„Wir könnten anschließend noch irgendwo eine Kleinigkeit essen gehen, damit würde für heute der Küchendienst entfallen.“

„Yeah!“ Anne und Ricky grinsten sich an.

„Glück gehabt!“, lachte Ricky und lehnte sich entspannt zurück.

„Typisch!“, raunte Lina Mona zu. „Wie sollte es auch anders sein, als dass man gerade dann ins Kino geht, wenn Ricky zu irgendeinem Dienst eingeteilt ist! Das ist ja schon echt nicht mehr normal!“

„Allerdings haben wir jetzt ein kleines Problem“, sprach Caroletta nun weiter.

„Und das sieht wie aus?“, fragte Quirin, und auch die anderen spitzten ihre Ohren. Was an einem Kinobesuch problematisch sein sollte, konnten sie sich nun beim besten Willen nicht vorstellen.

„Nun ja, es ist so, dass ich mit euch nicht in die Abendvorführung gehen möchte. Nachts wird es wieder sehr glatt auf den Straßen, und weder ich noch Marcs Mutter, die natürlich ebenfalls fahren muss, möchten mit euch im Auto ein Risiko eingehen. Daher werden wir nachmittags gehen.“

„Und wo liegt da jetzt das Problem?“, fragte Quirin, dem es vollkommen egal war, zu welcher Tages- oder Nachtzeit er diesen Film sehen konnte.

„Na ja, es ist so, dass wir schon kurz vor drei Uhr fahren müssen und erst so gegen halb acht Uhr wieder zu Hause sein werden. Das heißt, dass die Pferde so lange unbeaufsichtig sind und auch die Fütterungszeit überschritten wird. Ehrlich gesagt ist das der einzige Punkt, über den ich mir Gedanken mache, denn es ist mir im Grunde genommen sehr wichtig, dass die Stallzeiten eingehalten werden.“

Lina sah ihre Chance gekommen.

„Ich ... also ich kenne den Film schon! Ich würde hierbleiben und die Pferde versorgen. Das macht mir echt nichts aus!“, sagte sie schnell mit nachdrücklicher Stimme und einem beschwörenden Blick auf Mona. „Ihr könnt mir ja eine Portion Pommes oder so mitbringen!“

„Ich bleib auch hier“, sagte Ricky spontan. Diabolos Wohlergehen war ihr mit Sicherheit wichtiger, als jegliches Kino-Rennpferd. „Zu zweit kriegen wir das mit dem Stall schon auf die Reihe, was, Lina?“

Caroletta lächelte erfreut. Hatte sie doch gewusst, dass sie sich auf ihre Crew verlassen konnte.

Oh nein! So hatte sich Lina das nicht vorgestellt. Fieberhaft arbeiteten ihre Gedanken auf Hochtouren. Diese Mona war aber auch wirklich zu blöde! Hatte sie denn nicht gemerkt, dass das heute Nachmittag die Chance war, heimlich zu reiten?

„Gut, dann verbleiben wir jetzt erst mal so, dass ihr bitte alle gestiefelt und gespornt kurz vor drei Uhr bereitsteht, damit wir rechtzeitig loskommen. Von Ricky und Lina finde ich es super, dass sie den Stalldienst übernehmen, und wir werden ihnen ein königliches Mahl mitbringen!“ Caroletta nickte den beiden wohlwollend zu und machte sich dann auf, um mit Marcs Mutter wegen der Fahrt zu reden.

„Soll ich auch hierbleiben und euch helfen?“, fragte Marc, während er seinen Arm liebevoll um Ricky legte und ihr einen sanften Kuss auf die Stirn hauchte.

„Nein, nein! Fahr ruhig mit! Ich weiß ja, dass du den Film schon letzte Woche unbedingt sehen wolltest!“

„Aber ich könnte auch hierbleiben, und wir gehen in den nächsten Tagen mal zusammen rein.“

Ricky schüttelte den Kopf und lachte.

„Nutze es aus, wenn Caroletta zahlt“, grinste sie ihren Freund an, ehe sie sich an Lina wandte.

„Wir werden diese paar Stunden schon durchstehen, oder?“, blinzelte sie dem Mädchen zu, das sich dazu zwang, einigermaßen unbefangen zurückzulächeln.

„Bleibt uns gar nichts anderes übrig“, brummelte Lina, bevor sie sich bei Mona einhakte und sie rabiat zur Tür zog. „Kommst du mal mit? Ich möchte dir was zeigen!“

„Echt? Was denn?“ Mona schaute sie verblüfft an.

„Verrate ich nicht! Nun komm schon!“

Lina zog ihre Freundin geradezu mit sich in ihr Zimmer und schloss hinter sich die Tür.

„Was willst du mir denn zeigen?“, fragte Mona erneut, doch Lina schüttelte nur ihren Kopf.

„Nichts! Ich wollte mit dir reden!“

„Worüber denn?“

Lina verdrehte ihre Augen. „Na, was denkst du? Über die Spitzenunterwäsche von Britney Spears oder die neueste Brille von Elton John?“

„Hä?“

„Mensch, Mona, du kapierst wirklich überhaupt nichts! Warum hast du dich vorhin denn nicht zum Stalldienst gemeldet? Wenn alle weg sind, wäre das DIE Gelegenheit für uns gewesen zu reiten!“

Mona schlug sich mit der Hand vor den Kopf. „Himmel, soweit habe ich vorhin gar nicht gedacht!“

„Das habe ich gemerkt!“

„Und jetzt?“

„So eine Chance bekommen wir nie wieder! Wenn dir wirklich was daran liegt, Sharazan zu reiten, dann gehst du jetzt zu Ricky und sagst ihr, dass du ihren Dienst übernimmst, damit sie mit ihrem Marc den Film angucken kann!“

Mona zögerte. „Natürlich würde ich Sharazan gerne reiten, aber vielleicht wäre es doch besser, Marc zu fragen, anstatt ...“

Lina schaute sie verächtlich an. „Das dachte ich mir! Erst große Reden schwingen und dann kneifen! Du bist echt eine Memme, Mona Kress!“

„Ich bin keine Memme!“

„Doch! Eine feige Memme!“ Lina wandte sich zum Gehen. Es war ihr klar, dass sie ein riesengroßes Problem bekommen würde, wenn Mona ihr Vorhaben verraten sollte, aber schlimmstenfalls konnte sie ja immer noch alles abstreiten, und dann wollte sie mal sehen, wem Caroletta eher Glauben schenken würde. Dem Gast der Mercy-Ranch oder ihr, die jeden Tag im Stall half.

„Okay!“, hörte sie Monas Stimme ganz leise.

„Was?“

„Ich sagte okay! Ich tu's!“ Mona atmete tief durch. Es war ihr absolut unwohl bei dem Gedanken daran, dass sie die Menschen hier, die allesamt so freundlich waren, hintergehen sollte, aber letztendlich wollte sie vor Lina keinesfalls als Feigling dastehen.

„Ich glaube dir das erst, wenn ich es sehe!“ Lina öffnete die Tür und deutete nach draußen. „Dann mal los!“

Mona nickte ergeben. Worauf hatte sie sich da bloß eingelassen ...

Ricky war im ersten Moment etwas skeptisch gewesen, als Mona sie darum bat, an ihrer Stelle mit Lina auf der Mercy-Ranch bleiben zu dürfen, doch als Caroletta kein Problem darin sah, weil Lina ja schon bereits wochenlang bei der Betreuung der Pferde mithalf, freute sie sich nun doch, mit Marc den Film anschauen zu können.

Gemeinsam standen sie jetzt mit den anderen um die Autos herum und hörten, wie Caroletta Lina die letzten Anweisungen gab.

„... und achte darauf, dass die Boxentüren richtig verschlossen sind, damit sich Hadrian oder Silver nicht wieder mal selbstständig machen. Du weißt, die Riegel klemmen ein wenig. Und gebt den Ponys nicht zu viel Heu! Ihr vergesst oft, dass sie keine Großpferde sind, wenn ich die gefüllten Raufen manchmal so sehe ...“

Lina setzte ihr süßestes Lächeln auf.

„Keine Sorge, Caroletta, wir werden das Pferd schon

schaukeln! Wenn ihr zurückkommt, werden alle zufrieden mampfend in ihren Boxen stehen und darauf warten, dass ihr ihnen etwas aus der Welt der Rennpferde erzählt", lachte sie, und keinem fiel auf, dass dieses Lachen ein wenig unecht klang.

„Okay. Dann wollen wir mal!" Caroletta wandte sich an die übrigen Kinder, die schon langsam ungeduldig wurden. „Alle Mann einsteigen, jetzt geht's los!"

Mona gesellte sich zu Lina, und gemeinsam beobachteten sie winkend die Abfahrt der anderen.

Als die Motorengeräusche endlich verstummt waren, atmete Lina auf.

„So! Die sind wir erst mal los!", meinte sie und stürmte mit Mona im Schlepptau in den Stall. „Wenn wir jetzt gleich losreiten, ist danach noch genügend Zeit, das Fell der Pferde wieder in Ordnung zu bringen, damit man ihnen nicht ansieht, dass sie geritten wurden. Wir haben etwa eine Stunde Zeit, dann müssen wir unbedingt wieder zu Hause sein, wenn wir rechtzeitig mit dem Stall fertig sein wollen. Sind ja schließlich einige Boxen, die wir auszumisten haben."

Monas Herz klopfte wie wild, als Lina sie in die Sattelkammer schob und ihr Sharazans Sattelzeug zeigte.

„Wir werden die Pferde jetzt nicht groß striegeln, denn sonst würden wir zu viel Zeit verlieren. Außerdem wurden sie heute Morgen schon ausgiebig geputzt!", entschied Lina. „Also los! Wir satteln und machen dann einen Abgang!" Entschlossen griff sie nach Diabolos Sattel und Trense und marschierte zielbewusst in die Box des Rappen, der sie groß anschaute.

„Na du", sagte Lina zärtlich. „Wollen doch mal sehen, ob du wirklich so toll zu reiten bist, wie alle sagen."

„Lina", begann Mona. „Ich weiß, das klingt total blöde, aber irgendwie habe ich ein schlechtes Gefühl dabei!"

„Fängst du schon wieder an zu unken? Nun mach schon! Das wird ein traumhafter Ritt. Stell dir doch mal vor, mit diesem herrlichen Rotfuchs die schneebedeckte Wiese entlangzugaloppieren, während seine lange Mähne dir ins Gesicht peitscht! Du wirst dieses Gefühl nie wieder vergessen, und Sharazan vermutlich auch nicht!"

Mona atmete tief durch, dann öffnete sie mit zitternden Händen die Tür von Sharazans Box. Das Bild, das Linas Worte gerade vor ihr geistiges Auge gezaubert hatte, war unwiderstehlich. Rasch sattelte sie den Wallach, während Lina Diabolo zum Ausritt fertig machte, und fast gleichzeitig führten sie die Tiere auf den Stallgang hinaus.

„Auf geht's!", meinte Lina unbefangen und zog Diabolo hinter sich her. Der Rappe legte ein wenig die Ohren an. Nichts hasste er mehr, als den Druck des Gebissstückes in seinem Maul, wenn an den Zügeln gezogen wurde.

„Nun komm schon, mein Schöner! Wir müssen uns ein bisschen beeilen, ehe deine tolle Ricky wieder zurückkommt, sonst gibt's bodenlosen Zoff!"

Keine fünf Minuten später saßen die beiden Mädchen bereits in den Sätteln der fremden Pferde und ließen sie am langen Zügel den Weg entlanglaufen.

Mona saß anfangs noch recht verkrampft im Sattel, doch mit jedem Schritt, den sich Sharazan von der Ranch entfernte, fühlte sie sich wohler, und schon nach kurzer Zeit begann sie, den Ritt auf ihrem Traumpferd zu genießen.

„Hab ich dir nicht gesagt, dass es herrlich werden würde?", rief ihr Lina über die Schulter hinweg zu. „Wie wäre es jetzt mit einem Galopp?"

„Ja", gab Mona mit strahlenden Augen zurück, und vergaß mit der Zeit völlig, dass sie eigentlich die Pferde gar nicht reiten durften.

„Yeah!" Lina drückte ihre Schenkel gegen Diabolos Leib,

und der Rappe schoss wie eine Rakete davon. Sharazan wartete erst gar nicht auf die Aufforderung seiner Reiterin und raste seinem Stallgenossen mit weit ausgreifenden Sätzen hinterher.

Mona war noch nie vorher in ihrem Leben einen solch rasanten Galopp geritten, und angstvoll bemerkte sie, dass der Rotfuchs an manchen Stellen ins Rutschen kam.

„Lina", schrie sie über die wallende Mähne hinweg. „Lina, reite langsamer! Es ist zu glatt hier! Lina ..."

Diabolos Reiterin hörte Mona rufen, doch wie im Rausch ließ sie Rickys Pferd immer schneller werden.

Das ist echt der Wahnsinn, dachte sie immer wieder. Was für ein Traum!

„Lina!" Mona zog verzweifelt an den Zügeln. Sie musste das Pferd irgendwie zum Halten bringen.

Bei Monas verzweifeltem Schrei schien Lina wie aus einem Traum zu erwachen und zügelte Diabolo mit ein paar kurzen Paraden, bis der Rappe schwer atmend stehen blieb und dicke Wolken heißen Atems seine Nüstern umhüllten.

„Bist du verrückt, ein solches Tempo hinzulegen?" Mona zitterte ein wenig, als nun endlich auch Sharazan zum Stillstand kam. „Er ist doch nicht beschlagen! Ein paar Mal habe ich geglaubt, wir würden stürzen, so sehr ist er gerutscht!"

„Echt?" Lina grinste. „Ich hab nichts von der Glätte gemerkt!"

„Stollen! Diabolo hat Stollen drauf!"

„Natürlich! Was denkst du denn, warum ich ihn hab laufen lassen können!"

Mona atmete zornig aus. „Es wäre dir völlig egal gewesen, wenn wir gestürzt wären, nicht wahr? Hauptsache, du hast deinen Spaß!"

„Ach komm, jetzt stell dich doch nicht so an! Spaß hast du doch auch, gib's zu, und außerdem ist ja nichts passiert!"

„Nein, bis jetzt noch nicht, aber wenn du weiterhin wie eine Gestörte durch die Gegend jagst, könnte es noch so weit kommen!"

„Okay, okay! Du hast ja Recht. Es war dumm von mir", meinte Lina und erreichte mit diesem Eingeständnis, dass Mona ihr gegenüber wieder versöhnlicher wurde. „Komm, ich zeig dir den Espensee! Der sieht wunderbar aus, wenn er zugefroren ist!"

Mona horchte auf. „Hier gibt es einen See? Das wusste ich ja gar nicht."

„Du weißt noch vieles nicht", lachte Lina und klopfte Diabolo den schweißnassen Hals, ehe sie ihn in Richtung Wald lenkte.

„Also, das darf ja wohl nicht wahr sein, oder?" Caroletta stand mit ihrer Meute vor dem verschlossenen Kino. „Hat denn keiner von euch daran gedacht, dass heute Dienstag ist und es da keine Nachmittagsvorführung gibt?"

Die Kinder, denen im ersten Moment eine gewisse Enttäuschung ins Gesicht geschrieben stand, begannen jetzt jedoch der Reihe nach zu kichern.

„Nee, Caroletta! Wir dachten, du hättest für uns eine Sondervorführung gebucht", lachte Marc und zog Ricky an sich.

„Ja genau! Nie hätten wir geglaubt, dass du uns in die popelige Masse der Normalzuschauer stecken würdest!", grinste Quirin.

Nun musste auch Caroletta lachen. „Also gut, da kann man nichts machen. Ist meine Schuld. Ich hätte einfach besser ins Kinoprogramm schauen müssen. Wisst ihr was? Dann gehen wir halt gleich zu Punkt zwei der Tagesordnung über. Die Frage ist nur: Limo und Kuchen oder Hamburger, Pommes und Co.?"

„Beides!"

Seufzend ergab sich Caroletta ihrem Schicksal. „Okay, aber nur, weil ich den Mist mit dem Kino gebaut habe!“

„Alles hat zwei Seiten“, meinte Hannes augenzwinkernd zu Brigitta, die sich fröstelnd bei ihm eingehakt hatte.

„Dann setzt euch mal in Bewegung!“, befahl Caroletta.

Zehn Minuten später betraten sie alle das Café und bedienten sich ausgiebig am Kuchenbuffet.

„Ob Lina und Mona mit dem Stall klarkommen?“, fragte Ricky ganz plötzlich in die Runde, und für einen Augenblick herrschte Stille am Tisch.

„Ja, warum denn auch nicht?“, stellte Marc spontan die Gegenfrage.

„Keine Ahnung. War nur so ein Gedanke!“

„Ach so! Dachte schon, du hättest wieder irgendwelche Vorahnungen“, grinste Lilian ihre Freundin an.

Ricky schaute sie groß an.

„Vorahnungen“, sagte sie langsam. „Ich weiß nicht ...“

„Sag bloß, du kannst orakeln“, witzelte Brigitta, die Ricky noch nicht so gut kannte, als dass sie hätte wissen können, dass das Mädchen des Öfteren bereits schon im Voraus erahnt hatte, wenn irgendwo Gefahr in Verzug war.“

„Nicht wirklich“, gab Ricky leise zurück und bemühte sich angestrengt, ihre Gedanken abzulenken, doch seltsamerweise gelang ihr dies nicht.

Unruhig rutschte sie immer öfter auf ihrem Stuhl hin und her und ertappte sich dabei, dass sie in der vergangenen halben Stunde schon mindestens zehn Mal auf die Uhr geschaut hatte, doch die Zeit schien nicht zu vergehen.

Wiederholt dachte sie daran, dass sie jetzt viel lieber bei Diabolo wäre, als hier in diesem Café, obwohl die Stimmung um sie herum ausgelassen war.

Irgendetwas stimmt nicht, dachte Ricky nervös und schielte zu Caroletta hinüber, die jedoch keinerlei Anstalten machte zu Gehen.

Eingehend unterhielt sie sich mit Marcs Mutter darüber, ob es nicht sinnvoll wäre, wenn sie ganz auf die Ranch ziehen würde, denn die meiste Zeit des Tages verbrachte sie sowieso dort, um Carolettas Haushalt zu führen.

„Wow, hast du das gehört, Ricky? Wenn sich Mama auf Carolettas Angebot einlässt, werde ich auch bald dauerhaft auf der Mercy-Ranch wohnen! Geil, oder?“ Marcs Augen begannen zu leuchten. „Ricky, hast du gehört?“

Das Mädchen zuckte zusammen.

„Was hast du gesagt?“, fragte sie irritiert.

„Ich sagte, dass Mama und ich vielleicht bald auf die Ranch ziehen! Was ist denn los mit dir?“ Besorgt schaute Marc in das angespannte Gesicht seiner Freundin.

„Oh, lässt du Sharazan dann bei uns im Stall stehen oder nimmst du ihn mit?“

„Keine Ahnung“, gab Marc unumwunden zu. Der Gedanke, nicht mehr kilometerweit mit dem Fahrrad fahren zu müssen, um sein Pferd reiten zu können, wollte ihm schon gefallen, aber andererseits würde er Sharazan auch ungern aus seiner gewohnten Umgebung reißen und ihn von seinen Pferdefreunden, insbesondere von Rashid trennen, mit dem er früher die Attraktion eines kleinen Zirkus gewesen war. Na ja, und die Vorstellung, Ricky womöglich nicht mehr jeden Tag zu sehen, wollte dem Jungen auch nicht gerade zusagen.

„Eher nicht“, sagte er jetzt nachdenklich, doch Ricky war mit ihren Überlegungen bereits wieder bei Diabolo.

Schon vom ersten Tag an hatten die beiden eine sehr intensive Beziehung zueinander, und wann immer es dem wundervollen Rappen nicht gut ging, fühlte Ricky es sofort.

Auch heute hatte sie dieses komische Gefühl.

„Ich hätte nicht mitfahren sollen“, sagte sie leise zu sich selbst und war mehr als erleichtert, als Caroletta endlich die Kellnerin zu sich winkte, um die Rechnung zu begleichen.

„So, und ihr wollt jetzt wirklich noch ein paar Hamburger vertilgen?“, fragte sie neugierig, während sie sich etwas schwerfällig erhob.

„Na klar!“, trötete Quirin. „Du glaubst gar nicht, was in so einen Magen alles reinpasst!“

„Oh nein!“, stöhnte Ricky auf. Daran hatte sie überhaupt nicht mehr gedacht. Fieberhaft überlegte sie, wie sie die anderen davon überzeugen könnte, wenn möglich doch gleich wieder zurück zur Ranch zu fahren.

Gehetzt warf sie einen Blick auf ihre Armbanduhr. Wenn sie jetzt fahren würden, könnten sie schnell zu Hause sein.

„Sagt mal, wie wäre es denn, wenn wir nur kurz anhalten und uns die Fressalien mit nach Hause nehmen“, sagte Caroletta auf einmal. „Ich denke, Lina und Mona hätten nichts dagegen, wenn wir sie im Stall unterstützen würden.“

„Prima Idee!“, platzte Ricky lautstark heraus und atmete tief durch, während die anderen noch gar nicht realisiert hatten, was Caroletta eben gesagt hatte.

Carolettas Kopf flog zu ihr herum und forschend blickte sie Ricky in die Augen. Sie kannte das Mädchen gut genug, um zu wissen, dass hinter dieser prompten Antwort mehr steckte als nur der Wunsch, Diabolo nah zu sein.

Sie winkte Ricky zu sich heran.

„Was ist los?“, fragte sie leise, und das Mädchen zuckte mit den Schultern.

„Ich weiß es nicht genau, aber irgendetwas stimmt nicht. Ich kann es nicht erklären“, wisperte Ricky bleich zurück.

„Du hast wieder dieses komische Gefühl, oder?“

Ricky nickte langsam und senkte den Kopf.

Carolettas Miene wurde ernst. Sie hatte gelernt, Rickys Intuition zu trauen. Mit einem langen Blick bedachte sie das Mädchen, ehe sie ihr die Hand auf die Schulter legte und sich an die Jugendlichen wandte.

„Leute, mir ist gerade eingefallen, dass ich vergessen

habe, einen äußerst wichtigen Anruf zu tätigen. Lasst uns also nach Hause fahren." Caroletta schaffte es, überzeugend zu wirken.

„Kannst du das nicht vom Handy aus erledigen?", fragte Marcs Mutter.

„Nein! Die Nummer liegt zu Hause, und ich komme in Teufels Küche, wenn ich nicht anrufe!", flunkerte Caroletta weiter.

„Na denn! Nichts geschieht ohne Grund! Dann ist auch klar, warum das Kino heute Nachmittag geschlossen hat", lachte Clarissa.

„Also gut, dann mal los. Schließlich können wir nicht verantworten, dass Caroletta womöglich noch in der Hölle schmoren muss!" Marc half Ricky galant in ihre dicke Steppjacke hinein.

„Das mit dem Anruf stimmt nicht, oder?", flüsterte er seiner Freundin ins Ohr.

Ricky errötete. „Nein!"

„Okay! Wusst ich's doch! Du hast doch wieder irgendwelche Vorahnungen, stimmt's?"

Ricky nickte und griff nach seiner Hand. „Ich hab Angst, Marc. Wenn bloß den Pferden nichts passiert ist!"

Kapitel 9

„Himmel, ist das schön! Eine wahre Märchenlandschaft! Dieser See ist ja ein absoluter Traum! Das muss hier auch im Sommer wundervoll sein!“ Monas Augen begannen beim Anblick der glitzernden Eisoberfläche zu glänzen.

Lina grinste. „Das kannst du annehmen. Hier trifft sich alles zum Baden, und trotzdem ist man immer für sich alleine, auch wenn noch so viele Leute um den See herumliegen.“

„Wart ihr hier schon mal mit den Pferden zum Schwimmen? Ich meine, darf man überhaupt mit den Tieren in den See, oder ist das verboten?“

„Keine Ahnung, ob das verboten ist. Im Sommer gab's ja die Mercy-Ranch noch nicht, und ich hatte somit auch keine Möglichkeit auszureiten. Vielleicht war ja unsere gute Ricky mit ihren Freunden schon hier. Sieht jedenfalls fast so aus, als ob sich Diabolo und Sharazan hier auskennen. Zumindest hat Sharazan keine Angst vor dem zugefroreren Teich!“ In der Tat war der Rotfuchs nahe an das Eis herangetreten und schaute nun recht ungläubig auf die feste Wasseroberfläche, als ob es nicht zu fassen wäre, dass man heute nicht aus dem See trinken konnte. Diabolo blieb ein wenig auf Abstand.

Mona lachte. „Teich ist gut! Ein ziemlich großer Teich! Was ist das eigentlich dort drüben auf der anderen Seite? Steht da eine Hütte? Ich kann das nicht so gut erkennen. Hab heute Morgen vergessen, meine Kontaktlinsen einzusetzen!“

„Du bist also auch so ein blindes Huhn wie ich“, grinste Lina und rückte ihre Brille zurecht. „Aber du hast richtig gesehen. Es ist eine Hütte. Früher war hier einmal ein Bootsverleih, aber seit der gegenüberliegende Teil des Waldes zum Naturschutzgebiet erklärt wurde, ist Boot fahren nicht mehr erlaubt.“

„Ich liebe Naturschutzgebiete“, sagte Mona versonnen. „Manchmal kommt man sich da vor, wie in einem unberührten Dschungel. Sag mal, kann man dorthin reiten?“

„Können kann man schon, aber das würde jetzt zu lange dauern, weil wir um den See herumreiten müssten.“ Lina überlegte kurz. „Es gäbe jedoch noch eine andere Möglichkeit.“

„Echt? Welche?“

Lina deutete auf das Eis. „Wir könnten über den See reiten! Die Oberfläche ist komplett gefroren!“

Mona schluckte aufgeregt. „Bist du wahnsinnig? Das ist doch viel zu gefährlich!“

„Und du bist feige!“

„Lieber feige als lebensmüde!“

„Ich hab’s ja vorhin schon gesagt. Du bist und bleibst eine Memme!“, stichelte Lina weiter.

„Ich bin keine Memme!“

„Bist du doch! Eine kleine, feige Memme!“

„Das stimmt nicht, aber ...“

„Wenn du Mut hast, reitest du rüber!“ Lina richtete ihren ausgestreckten Zeigefinger auf den zugefrorenen See.

„Warum reitest du nicht selbst rüber, wenn du so toll bist?“ Monas Stimme zitterte in einer Mischung aus Wut und Angst.

„Soll ich? Kein Problem! Aber du kommst mit!“ Lina sah Sharazans Reiterin herausfordernd an, doch innerlich hoffte sie, dass sich Mona nicht auf dieses Unterfangen einlassen würde. Es war leicht, eine große Klappe zu riskieren, jedoch stand auf einem ganz anderen Blatt geschrieben, sich tatsächlich mit den Pferden aufs Eis zu wagen. Und wenn Lina ehrlich zu sich selbst war, hatte sie ebenfalls einen wahnsinnigen Bammel davor, diesen gefährlichen Ritt zu wagen, aber es machte ihr eine unwahrscheinliche Freude, Mona zu provozieren.

„Also, was ist jetzt? Kommst du mit?", fragte sie demonstrativ laut, um ihre eigene Angst zu übertünchen, während sie Mona herausfordernd anschaute.

Mona schloss die Augen. Sie war hin- und hergerissen. Lina hatte einen wunden Punkt bei ihr getroffen. Auch in ihrer Klasse galt die Zwölfjährige als feige, da sie sich niemals an diversen Streichen beteiligte und sich recht schnell zurückzog, wenn es zum Beispiel galt, vom Sprungturm im Hallenbad zu springen. Auch an der Nachtwanderung der Klasse hatte sie nicht teilgenommen, da sie schon in Panik geriet, wenn sie nur an das unheimliche Geheule der Waldkäuzchen bei Dunkelheit dachte. Selbst ihre kleine Schwester hatte mehr Mumm in den Knochen als sie selbst. Wenn Anne wüsste, was ihre Schwester im Grunde genommen für ein Angsthase war, würde sie es sicherlich in der ganzen Schule herumerzählen. Wenn Mona sich allerdings nach den Ferien damit brüsten könnte, dass sie über den zugefrorenen See geritten war, dann würde sie mit Sicherheit keiner mehr feige nennen. Und auf einmal war ihr auch klar, warum sie diesem Ritt zugestimmt hatte.

„Los, komm schon!" Lina hatte Diabolos Zügel aufgenommen und ließ ihn ein paar Schritte Richtung See gehen.

Niemals hätte sie damit gerechnet, dass ihr dieses Mädchen nun wirklich folgen würde, und so erschrak sie, als Sharazans Kopf plötzlich neben ihr auftauchte.

„Gut, ich komme mit!", hörte sie Monas Stimme und für einen Augenblick setzte ihr Herzschlag aus.

Jetzt gibt's kein Zurück mehr, dachte sie, während sich ihr

Magen vor Angst verkrampfte. Wenn ich das jetzt nicht durchziehe, habe ich auf ewige Zeiten mein Gesicht verloren!

„Bist du sicher?“, fragte Lina mit leicht bebender Stimme nach, und Mona nickte entschlossen.

„Ich bin kein Feigling!“

„Also gut!“ Lina holte tief Luft und lenkte Diabolo vorsichtig auf das Eis.

„Hier riecht es wie in einer Pommesbude“, stellte Anne kichernd fest, während sie sich darum bemühte, ihre Tüte so hoch zu halten, dass das durch das Papier dringende Fett keine Flecken auf ihrer Kleidung hinterließ.

„Es duftet herrlich!“ Florin schob sich genüsslich ein paar der Kartoffelstäbchen in den Mund. „Iff liebe Pommeff!“

Ricky, die auf dem Beifahrersitz neben Caroletta saß, schaute mit starrem Blick geradeaus. Die Fahrt kam ihr ewig vor, doch sie wusste, dass man bei diesen Straßenverhältnissen einfach nicht schneller fahren konnte.

„Das zieht heute schon früher zu, als ich dachte“, murmelte Caroletta. „Gut, dass wir schon jetzt wieder nach Hause fahren!“ Sie warf einen raschen Seitenblick auf das Mädchen.

„Dein Gefühl ist noch immer nicht besser?“, fragte sie besorgt.

Ricky schüttelte ihren Kopf. Im Gegenteil! Diese undefinierbare Angst in ihr wuchs von Minute zu Minute. Wie froh war sie, als endlich die Mercy-Ranch vor ihren Augen auftauchte.

Aufgeregt krallte sie ihre Finger in das Polster ihres Sitzes, als Caroletta vorsichtig den Wagen im Hofraum der Ranch zum Stehen brachte.

„Die Mistkarren stehen draußen“, flüsterte Ricky tonlos.

„Müssten Lina und Mona sie jetzt nicht im Stall bei sich haben?“

„Vielleicht sind sie schon fertig“, versuchte Caroletta das Mädchen zu beruhigen, doch Ricky hatte die Tür schon aufgerissen und rannte zum Stall hinüber.

„Was ist denn mit der los? Hat die auch einen Geist gesehen oder warum flüchtet sie auf einmal?“

„Ricky ist bestimmt schlecht geworden!“

„Genau! Entweder hat sie zu viel Kuchen gegessen, oder Carolettas Fahrstil ist ihr auf den Magen geschlagen!“

„Lästermäuler!“ Marc grinste die Kleinen an, doch dann lief er mit schnellem Schritt seiner Freundin hinterher. Auch Caroletta folgte so schnell sie konnte, während die anderen Marcs Mutter durch die Haustür in die warme Stube folgten, um genüsslich über ihre Pommes und Hamburger herzufallen.

Ricky stand fassungslos mitten im Stallgang, unfähig, auch nur einen Ton herauszubringen. Wie betäubt starrte sie auf die beiden Boxen, in denen vor ihrer Abfahrt noch Sharazan und Diabolo zufrieden malmend gestanden hatten.

Marc war mindestens genauso bleich wie seine Freundin, und Caroletta hatte das Gefühl, als würde sich der Boden unter ihren Füßen auftun.

„Wo sind unsere Pferde?“, hauchte Ricky völlig geschockt.

„Sie sind weg!“, gab Marc äußerst geistreich zurück.

„Moment mal!“ Caroletta schob die beiden zur Seite, warf einen Blick in die unausgemisteten Boxen und humpelte anschließend zur Sattelkammer hinüber.

„Das dachte ich mir doch fast!“, murmelte sie wütend vor sich hin, als sie sah, dass Diabolos und Sharazans Sattelzeug fehlte. „Wenn ich die beiden erwische, dann ist der Teufel los!“, sagte sie barsch mit gerötetem Gesicht, als sie wieder nach draußen auf den Stallgang trat und in die besorgten und fragenden Gesichter von Ricky und Marc blickte.

„Es ist meine Schuld!“ Caroletta bebte. „Ich dachte, ich könnte Lina vertrauen, aber ich habe mich getäuscht! Anstatt die Pferde zu versorgen, hat sie wohl Mona dazu überredet, mit ihr auszureiten. Ich hätte es wissen müssen!“

„Aber warum gerade Diabolo und Sharazan?“, fragte Ricky heiser.

„Wenn ich das wüsste!“

„He, wo bleibt ihr denn? Euer Essen wird kalt!“ Lilian und Kathi rauschten kichernd herein.

„Was ist denn mit euch los? Ihr seht aus, als wenn euch Winnetou an den Marterpfahl gebunden hätte!“

Ricky deutete wortlos auf die leeren Boxen.

„Ach du Elend, wo sind Diabolo und Sharazan?“

„Die beiden tragen vermutlich gerade Lina und Mona durch die Gegend!“ Caroletta knirschte mit den Zähnen. Sie hatte eine Riesenwut auf sich selbst.

„Nee, oder?“

„Doch, verdammt noch mal! Und ich weiß noch nicht einmal, was ich mit ihnen machen werde, wenn sie nach Hause kommen!“

„Wenn sie doch nur schon wieder da wären“, flüsterte Ricky und lehnte sich matt gegen Marc, der erregt die Fäuste geballt hatte.

„Wenn sie wenigstens gefragt hätten!“, meinte er aufgebracht, dann stapfte er grimmig nach draußen, um einen der Karren hereinzuholen. Geräuschvoll stellte er ihn vor der ersten Box ab und holte sich eine Mistgabel. Was er jetzt keinesfalls könnte, wäre untätig hier herumzustehen und auf Sharazans Rückkehr zu warten.

Mechanisch folgte Ricky seinem Beispiel, und auch Lilian und Kathi war der Appetit vergangen, sodass sie sich daran machten, die Pferde zu füttern, während die beiden anderen die Boxen säuberten.

Caroletta beobachtete die vier Freunde und fragte sich, wie sie sich so in Lina hatte täuschen können. Anscheinend trug diese nicht einmal einen Bruchteil der Verantwortung in sich, die Ricky und ihre Freunde jeden Tag aufs Neue zeigten.

Das Eis knirschte bedrohlich unter den Hufen der Pferde, als sie den festen Boden des Ufers verließen.

Kehr um, ehe es zu spät ist, hämmerte es in Linas Kopf, doch sie zwang sich dazu, ihre innere Stimme zu überhören. Um nichts in der Welt hätte sie sich vor Mona diese Blöße gegeben, und wenn sie auf diesem Ritt tausend Tode vor Angst sterben würde! Niemals würde sie zugeben, dass es der größte Blödsinn aller Zeiten war, sich mit den Pferden auf das Eis zu begeben, zumal der See noch nicht offiziell zum Betreten freigegeben war.

Mona ging es nicht anders.

Sie fühlte eine unbändige Angst in sich, die sich auch auf Sharazan übertrug. Unruhig begann der Rotfuchs damit, seinen Kopf auf und ab zu werfen, während er nervös auf dem rutschigen Untergrund zu tänzeln begann.

„Ruhig, ganz ruhig! Es ist alles in Ordnung!“, versuchte sie sich selbst und dem Pferd die Angst zu nehmen.

Nichts ist in Ordnung!, schrie es dagegen in ihr. Wie kannst du dich nur auf diese Gefahr einlassen? Bist du denn völlig von Sinnen?

Lina schluckte ununterbrochen. Das Herz schlug ihr bis zum Hals hinauf, und sie fühlte, dass ein einziger unbedachter Moment diese wundervolle Idylle, die jene Winterlandschaft ausstrahlte, in ein Meer der Tränen wandeln konnte.

Krampfhaft überlegte sich das Mädchen, ob sie nicht doch ihren Stolz überwinden und umkehren konnte, und mit einem Mal hatte sie die rettende Idee. Sie würde etwa auf der Mitte des Sees auf die Armbanduhr blicken und Mona zu verstehen geben, dass es Zeit wäre, nach Hause zu reiten, damit sie die Pferde noch rechtzeitig versorgen konnten, ehe Caroletta mit den anderen wieder zurück wäre. Sie würde ...

In diesem Moment durchzog ein peitschendes Geräusch die Luft. Mona schrie auf. Sharazan erschrak unwahrscheinlich und bäumte sich hoch auf, ehe er versuchte, mit seinen Hufen Halt zu finden, um zum Ufer zurückzugaloppieren.

Mona war schon beim ersten Galoppsprung aus dem Sattel gerutscht und mit dem Rücken auf das Eis gekracht, auf dem sie noch ein paar Meter entlangschlitterte und dann erst liegen blieb.

Diabolo, nicht minder erschrocken, kümmerte sich nicht um die Zügel- oder Schenkelhilfen seiner Reiterin und raste dem Rotfuchs kopflos hinterher.

Ein zweites Mal hallte ein Knall über das Eis, und Lina hörte, wie die gefrorene Oberfläche unter den donnernden Hufen zu knirschen und zu knacken begann.

Lieber Gott, lass uns nicht einbrechen, betete sie ununterbrochen. Bitte, lass nichts passieren, oh mein Gott, ich hab solche Angst!

Sharazan hatte bereits das rettende Ufer erreicht, nachdem er in seiner Panik mehrfach fast gestürzt wäre. Diabolo trennten noch etwa zehn Meter von dem festen Untergrund, als das Eis urplötzlich nachgab und das Pferd einbrach.

Lina heulte auf und schrie sich die Angst aus dem Leib.

„Hilfe ... NEIN ... Diabolo ... Oh Gott ...“

Das Pferd versuchte sich in dem Wasser aufzubäumen, um mit den Vorderhufen wieder auf das feste Eis zu gelangen, doch dort, wo die harten Eisen aufschlugen, zerbarst es wie Glas.

Lina registrierte, dass Diabolo auf dem Grund des Sees

zumindest stehen konnte, denn das Gewässer war an dieser Stelle noch äußerst seicht. Wenn er weiter draußen eingebrochen wäre, hätte dies das Ende für dieses wundervolle Tier bedeutet, so jedoch stand er lediglich in brusttiefem Wasser.

Das Mädchen ließ sich vorsichtig aus dem Sattel gleiten und hoffte inständig, dass das Eis an dieser Stelle wenigstens noch so stark war, dass es sie tragen würde. Bibbernd vor Angst stand sie nun an Diabolos Seite, dessen Kopf sich in Höhe ihres Magens befand. Zitternd streichelte sie ihm über die Stirn, ehe sie die Zügel über seinen Kopf warf und zu ziehen begann.

„Los, los, Diabolo, komm schon, komm schon! Du musst aus dem Wasser raus!“, schrie sie ihn an, doch das Pferd legte nur die Ohren zurück und ließ das Weiße in seinen Augen schimmern. Er streckte seinen Hals immer länger und länger, machte jedoch keinen weiteren Versuch mehr, auf irgendeine Art und Weise vorwärts zu kommen.

„Um Gottes Willen, was mach ich nur?“, heulte Lina verzweifelt, als sie feststellte, dass sich Diabolo keinen Zentimeter weiter bewegen ließ. Schließlich löste sie mit zitternden Händen die Zügelschnallen am Gebissstück. Sie hatte lediglich eine einzige Möglichkeit, das Tier voranzutreiben, und konnte nur hoffen, dass Diabolo sich weiter auf das Ufer zubewegen und nicht irgendwann die Richtung wechseln würde. Angstvoll stellte sie sich nun hinter das Pferd, schloss für Sekundenbruchteile die Augen, schickte ein Stoßgebet gen Himmel und schlug danach mit den Zügeln recht heftig auf Diabolos Kruppe, während sie ihn laut anschrie.

„Los, los! Mach schon! Vorwärts, Diabolo! Raus hier! RAUS!“ Blind vor Tränen schlug sie auf das Pferd ein, und der Rappe versuchte nun tatsächlich krampfhaft, den Schlägen zu entfliehen. Immer und immer wieder startete er nun den Versuch, Halt zu finden, was ihm natürlich nicht gelang. Dafür zersplitterten die Hufe das Eis, und Stück für Stück arbeitete sich das Tier voll Panik nach vorne, während Lina ihn ununterbrochen anschrie und vorantrieb. Auf den letzten paar Metern, wo ihm das Eis nun nur noch bis zur Hälfte der Beine hinaufragte, sprang Diabolo mehrmals kraftvoll ab, und schließlich hatte er es geschafft, das schneebedeckte Ufer zu erreichen.

Lina sank in sich zusammen und schaute dem Rappen hinterher, der schnell davongaloppierte.

„Mein Gott, was hab ich nur getan?!“, weinte sie und durfte gar nicht daran denken, was mit den beiden Pferden noch alles passieren konnte, jetzt, wo sie alleine durch das Gelände unterwegs waren. Auf einmal schreckte sie hoch.

Mona!

Zitternd erhob sich Lina und starrte auf die Zwölfjährige, die noch immer auf dem Eis lag.

„Mona? Mona, ist dir was passiert?“, schrie sie laut, doch sie wartete vergeblich auf eine Antwort.

„Oh nein! Bitte nicht!“, flüsterte Lina angstvoll, ehe sie sich zitternd aufrichtete und ganz, ganz vorsichtig über das Eis zurücklief, ständig in der Angst, einbrechen zu können.

Die Zeit verging langsam, und immer wieder traten Ricky und ihre Freunde vor den Stall und schauten angestrengt nach draußen.

„Sie müssten doch längst schon wieder zurücksein, oder? Ich meine, sie wissen doch, dass sie eigentlich die anderen Pferde hätten versorgen müssen!“ Ricky wurde von Minute zu Minute immer nervöser, und auch Marc hatte mit seiner Fassung zu kämpfen.

„Kommt rein! Es ist zu kalt! Sie werden nicht schneller hier sein, wenn ihr euch da draußen alles abfriert!“, meinte Lilian und versuchte, Zuversicht auszustrahlen, doch Rickys

Nerven waren bis zum Zerreißen gespannt, sodass sie ihre Freundin härter anfuhr, als sie es eigentlich wollte.

„Du hast gut reden! Dein Holli steht ja unversehrt im Stall!“, blaffte sie zurück, musste sich jedoch eingestehen, dass Lilian im Grunde genommen Recht hatte. Immer wieder tastete sie nach Marcs Hand und schaute ihn verzweifelt an. „Was ist, wenn ihnen was passiert ist?“

Marc zuckte zusammen, denn Ricky hatte genau das ausgesprochen, was ihm schon die ganze Zeit über durch den Kopf ging. Dennoch versuchte er, cool zu bleiben, um seine Freundin nicht noch mehr zu ängstigen.

„Was soll schon passiert sein? Reiten können die beiden ja, und du weißt, dass unsere Pferde keine Ungeheuer sind!“, sagte er betont langsam.

„Aber sie kennen Diabolo und Sharazan nicht! Außerdem hat sie außer uns schon seit ewigen Zeiten keiner mehr geritten!“

„Ricky, Himmel, hör auf! Mach uns nicht verrückter, als wir eh schon sind!“

„Aber ...“

„Kommt mit!“ Caroletta winkte den beiden zu. „Wir fahren los und hoffen, dass wir sie finden! Sie können eigentlich nicht mehr weit von der Ranch entfernt sein. Ich kann mir nicht vorstellen, dass sie in ihrem Reitwahn den Stall ganz und gar vergessen haben!“

Rasch liefen die drei zu Carolettas Wagen und stiegen ein. Sie waren froh, dass die zermürbende Warterei nun wenigstens ein Ende hatte.

Als sich das Auto langsam über den knirschenden Schnee bewegte, meinte Ricky leise: „Du hast bis jetzt nur Ärger mit uns, nicht wahr, Caroletta?“

Für einen Augenblick schwieg die ältere Frau, doch dann schenkte sie dem Mädchen ein kurzes Lächeln.

„Mit euch habe ich keinen Ärger. Ihr könnt ja schließlich

nichts dafür, dass eure Pferde gesattelt wurden. Hab mir das alles ganz alleine zuzuschreiben, denn ich habe das Vertrauen in die falsche Person gesetzt, und jetzt kann ich nur hoffen, dass die Mädels und eure Pferde okay sind." Schwer atmete sie durch und heftete ihren Blick in das fahle Licht der beginnenden Dämmerung.

„Wo fahren wir eigentlich hin?", fragte Marc nach einer Weile. „Wir haben doch keine Ahnung, wo wir suchen sollen. Es ist wie bei Carmen, nur, dass Lina und Mona wesentlich weiter weg sein können."

„Gute Frage." Caroletta überlegte angestrengt. „Wohin würdet ihr reiten, wenn ihr an der Stelle der Mädels wärt?"

„Zum Espensee!", entfuhr es Ricky, ohne dass sie lange nachdenken musste.

Marc richtete einen schnellen Seitenblick auf seine Freundin. „Das ist aber ganz schön weit. Kann mir nicht vorstellen, dass die beiden ..."

„Das ist nicht weit! Wenn Lina sich auskennt, dann kennt sie den Schleichweg am Forsthaus vorbei! Wenn man dann noch ein oder zweimal galoppiert, ist man in einer knappen halben Stunde am See!", widersprach Ricky.

„Wieso gerade der Espensee?", wollte Caroletta wissen. „Warum würdest du nicht in eine andere Richtung reiten?"

„Weil Ricky heillos romantisch veranlagt ist, und der See einfach herrlich im Winter aussieht", antwortete Marc.

„Genau! Und weil ich Mona das gerne zeigen würde. Schließlich kennt sie den See nicht", fügte Ricky hinzu.

Caroletta zögerte. Könnte es sein, dass Lina ebenso wie Ricky gedacht hatte? Wäre es möglich, dass die beiden tatsächlich zum See geritten sind? Aber wenn man nur eine halbe Stunde für den einfachen Weg brauchen würde, dann hätten die Mädchen schon lange zurück sein müssen. Und wenn Lina diesen Schleichweg nicht kannte?

„Was ist das?", rief Marc auf einmal aus und drückte seine Nase an der Autoscheibe platt. „Oh Himmel, Caroletta, halt an! Da ist Sharazan!"

Das Auto kam bedenklich ins Schlingern, als seine Fahrerin abrupt bremste, und noch ehe der Wagen richtig stand, hatte Marc bereits die Tür aufgerissen und war mit einem Satz in den Schnee gesprungen.

„SHARAZAN!", rief er laut, während er in Richtung seines Pferdes lief, das reiterlos zwischen den Bäumen stand und nun aufmerksam den Blick auf seinen Besitzer richtete.

„Sharazan, hey, mein Guter, komm her!", lockte Marc mit beruhigender Stimme.

Ricky und Caroletta waren ebenfalls ausgestiegen.

„Und wo ist Diabolo?", flüsterte Ricky heiser.

„Nächste Frage: Wo sind Lina und Mona?", gab Caroletta mit finsterer Miene zurück.

Ricky fühlte, wie ihre Beine nachzugeben drohten.

„Warum erwischt es immer Sharazan und Diabolo?", stellte sie sich nun schon zum x-ten Mal innerhalb der letzten Stunde die gleiche Frage, doch sie fand keine Antwort darauf.

„Vielleicht deswegen, weil ihr zwei wundervolle Pferde habt, die einfach jeden Menschen faszinieren", mutmaßte Caroletta, dann atmete sie vorerst auf. „Schau! Er hat ihn! Gott sei Dank!"

Marc hatte sein Pferd fast erreicht, als Sharazan ihn endlich erkannte und ihm entgegengelaufen kam. Glücklich griff der Junge in die Zügel, ehe er ihn genauer in Augenschein nahm. Aber so, wie es aussah, war er unverletzt.

„Er ist okay!", rief er Ricky und Caroletta zu, während er Sharazan neben sich herführte.

„Gut! Eine Sorge weniger!" Caroletta nickte ihm zu. „Du wirst jetzt sofort mit ihm nach Hause reiten!"

„Nichts lieber als das", sagte Marc und stellte die Bügellänge richtig ein. „Aber wäre es nicht vielleicht besser, wenn ich ...“

„Nach Hause, Marc! Auf dem direkten Weg! Hast du mich verstanden?“

Der Junge nickte ergeben. Er sollte Caroletta jetzt besser nicht wiedersprechen.

„Und wir beide werden weitersuchen! Komm, Ricky!“

Caroletta war bereits im Begriff einzusteigen, als Diabolos lautes Wiehern die Stille durchschnitt.

Ricky zuckte zusammen und wirbelte herum.

Fast an der gleichen Stelle, wo Sharazan gestanden hatte, tauchte der riesige Rappe im Galopp auf.

„Diabolo“, flüsterte das Mädchen, ehe es losrannte. „DIABOLO ... hier ... Komm her, mein Guter, komm! Himmel, bin ich froh, dass du da bist!“ Erst nach ein paar Metern wurde ihr bewusst, dass ihr Pferd auch ohne Reiterin zurückgekehrt war. „Oh mein Gott, was ist da nur passiert? Warum kannst du nicht reden?“ Nur Augenblicke später hielt sie den Hals ihres geliebten Pferdes fest umschlungen und weinte Tränen der Erleichterung in seine Mähne. Dann langte sie automatisch nach den Zügeln, doch ihr Griff ging ins Leere.

„Hä? Das gibt's doch nicht!“ Ricky betastete die Trense gerade so, als ob sie sie heute zum ersten Mal sehen würde.

„Die Zügel sind weg!“, rief sie über ihre Schulter zurück. „Und zwar komplett! Ausgeschnallt! Was soll denn das heißen?“ Letztendlich schob sie ihre Finger durch einen der Trensenringe und führte ihr Pferd so zurück zum Wagen. Als Diabolo langsam neben ihr her lief, fiel ihr plötzlich auf, dass die Beine, sowie der untere Bauch ihres Pferdes mit Eiskristallen überzogen waren und das Fell an manchen Stellen regelrecht abgeschürft zu sein schien.

„Guckt euch das mal an! Diabolo ist unten herum total vereist! Was hat das zu bedeuten?“ Ricky konnte sich dies alles nicht mehr erklären, doch Carolettas Gesichtszüge verhärteten sich.

„Ricky, ich glaube, du hattest Recht“, sagte sie langsam. Sie war froh, dass die beiden ihren Blick auf die Pferde gerichtet hatten und Carolettas aschfahles Gesicht nicht registrierten.

„Wie, was, Recht?“

„Mit dem Espensee!“

Ricky stutzte und auf einmal begriff sie.

„Du meinst also das Eis ... Diabolo ist eingebrochen? Bitte sag, dass das nicht wahr ist! So blöd können die doch gar nicht sein, dass sie mit unseren Pferden auf den See hinausgeritten sind, oder?“ Ricky begann bei dieser Vorstellung am ganzen Leib zu zittern. Das würde allerdings erklären, warum das Fell ihres Pferdes total vereist war.

„Das habe ich nicht gesagt“, versuchte Caroletta das Mädchen zu beruhigen. „Vielleicht sind die beiden einfach abgestiegen, die Pferde haben sich selbstständig gemacht, und Diabolo ist von alleine auf das Eis gelaufen.“

„Niemals!“, platzte Ricky sofort heraus. „Er würde niemals freiwillig auf den See rennen. Seit wir damals hinausgeschwommen sind, um Lilian und Rainer mit dem Boot an Land zu ziehen, mag er den See nicht mehr besonders.“

„Reitet jetzt nach Hause! Ich werde hinfahren!“, beschloss Caroletta.

„Aber was ist, wenn tatsächlich was passiert ist? Dann stehst du alleine dort, und was willst du dann machen?“

„Stimmt, das wäre auch blöd!“ Caroletta runzelte die Stirn. Sie hatten nicht viel Zeit. Schließlich mussten Lina und Mona schnellstens gefunden werden.

„Ich könnte Diabolo als Handpferd mit nach Hause nehmen“, schlug Marc vor, der bereits im Sattel saß.

„Ja toll, und wie willst du ihn führen?“ Ricky schaute unschlüssig drein.

„Wir lösen einen der Steigbügelriemen und ziehen ihn durch den Trensenring. Das reicht aus!“

„Oh, das ist gut. Warte! Caroletta, könntest du Diabolo bitte solange halten?“, und schon machte sich Ricky an dem Bügelriemen zu schaffen. Es war gar nicht so einfach, die ebenfalls gefrorenen Schnallen zu lösen, aber schließlich hatte sie es doch geschafft. Nachdem sie sicher war, dass sich der provisorische Hilfszügel während des Heimrittes nicht öffnen konnte, drückte sie Marc den Lederriemen in die Hand.

„Pass bloß auf!“, gab sie ihrem Freund besorgt mit auf den Weg, doch Marc lächelte sie beruhigend an.

„Keine Sorge! Ich werde die beiden wohlbehalten in ihren Boxen abliefern!“

„Ricky, komm jetzt endlich! Wir müssen los!“ Caroletta drängte das Mädchen zum Wagen. „Wir dürfen keine Zeit mehr verlieren!“

Lina hatte die regungslos auf dem Eis liegende Mona erreicht und sank neben ihr auf die Knie.

„Oh, Mona, es tut mir so Leid! Das musst du mir glauben! Mona, sag doch was! Hast du dir was getan? Mona?“

Erst jetzt hob die Zwölfjährige ihren Kopf und schaute Lina mit starrem Blick an.

„Es geht mir ... gut. Es ist nur ... ich hab Angst! Das Eis ... Ich habe gesehen, wie Diabolo eingebrochen ist ... Oh mein Gott, Lina, was haben wir bloß angestellt? Sie werden uns umbringen, wenn den Pferden etwas passiert!“ Mona begann zu schluchzen, während Lina sie in den Arm nahm.

„Ich bin so froh, dass dir nichts passiert ist!“, weinte nun auch sie bitterlich und drückte das Mädchen an sich. „Es ist alles meine Schuld! Ich werde es ihnen sagen, dass du nichts dafür kannst! Ich ... ich war so blöde. Es tut mir so unendlich Leid. Mona, bitte verzeih mir!“

Ein paar Minuten verharrten die beiden eng umschlungen, dann jedoch wischte sich Lina über die Augen.

„Wir müssen von dem See runter! Wir müssen nach Hause!“ Ihre Stimme klang brüchig und unklar, doch Mona hatte sie verstanden. Ängstlich nickte sie der Älteren zu, und mit zitternden Beinen erhoben sich die beiden, Hand in Hand, nicht fähig dazu, sich loszulassen.

„Was ist, wenn auch wir hier einbrechen“, flüsterte Mona mit vor Angst geweiteten Augen.

Lina schluckte. „Wir ... wir werden nicht einbrechen. Diabolo hat doch viel mehr Gewicht. Mona, komm, du darfst nicht daran denken. Es wird nichts passieren, ganz bestimmt nicht!“

„Aber wenn doch? Wenn wir einbrechen und ... und untergehen, Lina, ich will nicht sterben!“

„Wir werden nicht einbrechen! Ich versprech's dir!“ Lina hatte mindestens genauso viel Angst wie das Gastmädchen der Mercy-Ranch, aber sie wusste, wenn sie dieser Angst jetzt nachgeben würde, dann wäre sie zu keinem weiteren Schritt mehr fähig.

Langsam tasteten sich die beiden Mädchen voran. Schritt für Schritt, Zentimeter für Zentimeter dem rettenden Ufer entgegen.

Die Zeit schien still zu stehen, und die Stille, die Lina und Mona umfing, wurde nur durch deren angstvolles, lautes Atmen durchbrochen.

„Ich kann nicht mehr!“, sagte Mona mit einem Mal und blieb wie angewurzelt stehen. „Ich werde wahnsinnig, wenn ich daran denke, wie viele Meter Wasser unter der Eisoberfläche sind.“

„Los komm! Weiter! Je näher wir dem Ufer kommen, desto flacher wird auch der See.“

„Ich kann nicht!“

„Mach keinen Blödsinn, Mona! Schau mal, es sind nur

noch vielleicht zehn Meter! Zehn lächerliche Meter! Wir schaffen das!“ Lina umfasste die Zwölfjährige.

„Das Eis wird hier immer dünner! Man könnte schon fast die Fische sehen!“

„Komm jetzt! Wir können hier nicht stehen bleiben!“, drängte Lina. Doch als Mona keinerlei Anstalten dazu machte, auch nur einen einzigen Meter weiter zu gehen, verlor sie auch die Nerven.

„Jetzt pass mal auf! Ich hab schon genug Ärger am Hals, wenn wir nach Hause kommen, und ich hab keine Lust dazu, auf der Ranch auch noch deinen Erfrierungstod erklären zu müssen!“, schrie sie Mona an, die augenblicklich zusammenzuckte.

„Ich will nicht sterben“, wiederholte sie erneut mit leiser Stimme.

„Dann komm endlich! Ich schwöre dir, dass ich dich heil von diesem See runterbringe, koste es, was es wolle!“ Lina wusste nicht, woher sie in diesem Augenblick diese Gewissheit nahm, jedoch reichte der Klang ihrer Stimme aus, um Mona dazu zu bewegen, sich wieder in Gang zu setzen.

Es waren wohl die längsten zehn Meter ihres Lebens, die die beiden Mädchen auf dem Eis zurücklegten, ehe sie wieder festen Boden unter ihren Füßen spürten, und weinend vor Erleichterung ließen sie sich in den Schnee fallen.

„Ich möchte so etwas nie, nie wieder erleben“, schluchzte Mona und klammerte sich an Lina fest.

„Ich auch nicht, das kannst du mir glauben!“ Schniefend drückten sie sich aneinander, während das Blut noch immer vor Erregung in ihren Schläfen pulsierte. Auf einmal schob Lina ihre Freundin ein Stückchen von sich weg. „Hörst du, was ich höre?“

„Was ist das?“

„Ein Motor! Und so, wie der rattert, kann es fast nur Carolettas Auto sein! Das ist unverwechselbar! Weißt du, was das bedeutet, Mona? Sie suchen uns! Los komm! Sie müssen uns finden!“ So schnell es ihre durchgefrorenen Beine erlaubten, richteten sich die Mädchen auf und rannten los.

„Was habt ihr euch nur dabei gedacht?“, polterte Caroletta in ihrem Büro los, als Lina und Mona mit gesenkten Häuptern in ihren Sesseln immer kleiner wurden. „Nicht genug damit, dass ihr mein Vertrauen missbraucht habt, nein, ihr reitet ungefragt private Pferde, bringt sie in größte Gefahr, ganz zu schweigen davon, was euch selbst hätte alles passieren können. Habt ihr denn nicht eine Sekunde daran gedacht, was ich im Falle eines Unfalles euren Eltern hätte sagen sollen?“

„Es tut mir so Leid“, wiederholte Lina nun schon zum x-ten Male, doch Caroletta schien dies nicht zu genügen. „Es war alles meine Schuld! Mona wollte nicht mitreiten, aber ich habe ihr gesagt, dass sie feige ist, wenn sie es nicht tut. Ich hab auch gesagt, dass sie eine Memme ist, wenn sie nicht mit mir auf den See hinausreitet. Sie kann nichts dafür!“

„Fakt ist, dass sie dennoch mitgeritten ist, also tragt ihr beide die Verantwortung dafür, was geschehen ist. Sharazan und Diabolo hätten sich sämtliche Beine brechen können! Wie hättet ihr das jemals Ricky und Marc erklären können? Etwa mit einem ‚Tut uns Leid‘?“

Lina hatte Tränen in den Augen. Sah Caroletta denn nicht, dass es schon Strafe genug für sie war, mit dem Gedanken leben zu müssen, die beiden wundervollsten Pferde der Welt und einen anderen Menschen wissentlich in Gefahr gebracht zu haben?

Caroletta atmete tief durch. „Lina, ich möchte dich hier auf dieser Ranch nie wieder sehen! Hast du verstanden? Und, Mona ... ich werde deine Eltern anrufen, dass sie dich morgen früh abholen können! Es geht nicht, dass hier jeder Gast macht, was er will!“

Lina und Mona warfen sich einen schmerzvollen Blick zu. Wie glücklich waren sie auf dieser Ranch gewesen, und wie schnell hatten sie selbst dafür gesorgt, diesem Glück mit den Pferden ein jähes Ende zu setzen.

Ricky und Marc, die wie Geschworene hinter Caroletta standen, schauten sich lange an. Es schien so, als ob sie das Gleiche dachten.

Ricky räusperte sich verlegen. Sie fühlte sich gar nicht wohl in ihrer Haut, und obwohl es ihr anfangs gut getan hatte, als Carolettas Donnerwetter auf die beiden Unglücksreiter niederprasselte, taten sie ihr jetzt Leid. Auch wenn sie es immer noch nicht ganz fassen konnte, was Lina und Mona sich da geleistet hatten.

„Ich weiß, dass ich dazu eigentlich nichts sagen darf, Caroletta“, begann sie langsam. „Aber in gewisser Weise trage ich ja auch mit Schuld dran. Wäre ich auf der Ranch geblieben, so, wie ich es eigentlich vorgehabt hatte, dann wäre das alles nicht passiert!“

„Ja, und wenn ich nachgedacht hätte, dann auch nicht!“, gab Caroletta unumwunden zu. „Aber ihr wisst, welche Verantwortung ich übernehme, wenn ich jugendliche Gäste hier habe. Wenn hier jeder macht, was er will, ist der Ruf der Ranch bald zerstört und ich kann den Gnadenhof vergessen!“

„Aber Mona kann nichts dafür“, sagte Lina noch einmal. „Bitte, Caroletta, schick sie nicht nach Hause! Es ist klar, dass du mich hier rauswirfst, aber bitte nicht Mona!“

Nach Linas Worten herrschte nachdenkliche Stille.

Caroletta musste zugeben, dass es sie rührte, wie sehr Lina sich für Mona einsetzte, und sie wusste ja auch, dass die Zwölfjährige niemals von selbst auf diese hirnverbrannte Idee gekommen wäre, heimlich zu reiten.

„Na gut, vielleicht hast du Recht!“, gab sie zögerlich zu. „Mona kann also bleiben, aber du wirst morgen früh die Ranch verlassen. Monas Eltern werde ich aber sagen müssen, was vorgefallen ist!“

Das Mädchen wurde blass.

„Bitte nicht, mein Vater würde mir für den Rest meines Lebens das Reiten streichen ... Die Pferde ... sie sind so wichtig für mich ... Ich würde das nicht überleben!“ Mona weinte, und Lina legte tröstend den Arm um sie.

Caroletta seufzte auf und verdrehte die Augen. Wenn sie etwas verstehen konnte, so war es der Wunsch danach, das Leben den Pferden zu widmen.

„Also gut, ich überlege mir das noch einmal, zumal Lina dich ja wohl zu dem ganzen Mist angestachelt hat, aber jetzt geht bitte auf eure Zimmer! Lina, morgen früh gehst du sofort nach Hause! Tut mir Leid, dass alles so kommen musste!“

„Mir auch, das kannst du glauben“, flüsterte das Mädchen, total am Boden zerstört. Mit hängenden Köpfen standen die beiden Unglücksraben auf und verließen langsam das Büro.

Nachdem die Tür hinter ihnen ins Schloss gefallen war, ließ sich Caroletta schwer in ihren Sessel plumpsen und rieb sich müde über ihre Augen.

„Ich glaube, das war das erste und letzte Mal, dass ich hier Gäste aufgenommen habe“, meinte sie resigniert. „Ich hatte mir das wirklich einfacher vorgestellt.“

„Hm“, machte Ricky, während sie noch immer auf die Tür starrte, hinter der Lina und Mona traurig verschwunden waren. „Lina darf also wirklich nicht mehr hierher kommen?“

Caroletta atmete tief durch. „Es bleibt mir doch gar keine andere Wahl. Ich muss mich auf meine Helfer verlassen können!“

„Aber glaubst du nicht auch, dass Lina aus der ganzen Sache gelernt hat?“

„Sicher glaube ich das! Wenn sie es nicht getan hätte, dann würde sie mir Leid tun!“

„Und du würdest ihr nicht vielleicht doch noch einmal eine Chance geben ... ich meine, hier auf der Ranch?“ Ricky hatte ganz leise gefragt.

Caroletta drehte ihren Stuhl so, dass sie dem Mädchen ins Gesicht sehen konnte, und prüfend schaute sie sie lange an.

„Kannst du mir mal verraten, warum ausgerechnet du dich für sie einsetzt? Schließlich hat sie dein Pferd in Gefahr gebracht!“

Ricky schluckte. „Ich weiß nicht warum, aber vielleicht einfach deshalb, weil ich spüre, dass sie diesen Ritt nur gemacht hat, weil sie sich in Diabolo verguckt hat, genauso wie ich damals, als er noch dem Kumrath gehörte. Irgendwie kann ich ihren unbändigen Wunsch, ihn zu reiten, verstehen. Ging mir ja auch nicht anders, und Diabolo ist ja nichts passiert, außer, dass ein bisschen Fell fehlt, aber das wächst ja wieder nach.“ Ricky tastete nach Marcs Hand.

Kopfschüttelnd sah Caroletta die beiden an. Rickys Herz musste sehr groß sein. Sie konnte verzeihen und vergeben, und sie würde jedem eine zweite Chance geben, egal, was passiert war. Würde sie, Caroletta, ebenfalls diese Größe besitzen?

„Und so, wie ich das sehe, seid ihr beide mal wieder einer Meinung, nicht wahr?“, fragte sie mit einem Lächeln und hätte sich auch gewundert, wenn sie kein Nicken als Antwort erhalten hätte.

„Na gut“, gab sie sich geschlagen. „Ihr habt’s mal wieder geschafft! Meinetwegen darf sich Lina noch einmal beweisen!“

„Yeah!“ Ricky strahlte ihren Marc an. „Danke! Dürfen wir es ihr gleich noch sagen?“

Jetzt lachte Caroletta laut auf, schüttelte jedoch heftig ihren Kopf. „Nein, nein! Heute Abend wird nichts mehr gesagt! Bis morgen früh lassen wir sie schon noch schmoren, denn ein bisschen Strafe muss schon sein, findet ihr nicht auch?“